지은이 강주원

가끔은 세계를 여행하고
보통은 일상을 여행합니다.
여행하는 삶을 글과 영상으로 남깁니다.

Instagram   Youtube

"삶은 마냥 즐거운 일만 선물하지 않는다.

행복과 고통을 골고루 안겨준다.

그리고 결국, 고통은 엷어지고 행복은 선명해진다."

PROLOGUE 14

ISTANBUL

SAFRANBOLU

CAPPADOCIA

PROLOGUE

시작부터 실수였다. 눈을 한 번 깜빡이고 다시 확인했지만, 확실한 실수였다. 'JUWOM'. 내 이름은 'JUWON'인데, 그래야만 하는데, 나도 모르는 사이 이름이 바뀌어 있었다. 아니, 내가 이름을 실수로 잘못 적었다. 사람이 많은 지하철에서 "악"하고 비명을 질렀다. 당황하고 있을 시간이 없었다. 다행히 예매한 지 5분이 채 지나지 않은 시간이었다. 나는 곧장 비행기 표를 예매한 여행사에 전화했다. 담당자와 통화하기 위해 번거로운 안내 음성을 꾹 참고 기다렸다. 평소 같으면 분노를 유발할 법한, 쓸데없이 긴 안내 음성이었다. 한참을 기다린 끝에 드디어 담당자와 통화할 수 있었다. "안녕하세요. 담당자 김⋯." 나는 담당자의 소개를 듣기도 전에 급히 용건을 말했다.

"안녕하세요. 방금 터키행 비행기를 예매했는데요. 제가 실수로 영문 이름을 잘못 적어서요. 예매한 지 5분 정도 지난 거 같은데 혹시 변경할 수 있을까요?" 담당자의 답이 돌아왔다. "물론이죠. 알파벳 하나 바꾸는 건 아무런 문제가 되지 않습니다. 지금 당장 신속하게 처리해드리겠습니다."라는 답은 아니었다. "항공사 규정에 따라 다를 수가 있습니다. 어떤 항공사는 알파벳 개수에 따라 수수료를 청구하기도 하고, 어떤 항공사는 아예 변경이 불가능한 경우도 있습니다." 당황한 나는 답이 뻔한 질문을 했다. "아예 변경이 불가능할 수도 있다고요? 그럼 예매한 금액은 어떻게 되는 거죠?" 담당자의 답이 돌아왔다. "그건 네 실수니까 네가 무지막지한 취소 수수료를 내면 되는 거죠." 물론 그렇게 말하진 않았지만, 그렇게 들리는 것만 같았다. 당황한 나와 달리 시종일관 차분함을 유지하던 담당자는 항공사와 연락 후 내게 다시 전화하겠다고 말하고선 전화를 끊었다.

'아, 등신아. 주웝이가 뭐냐, 주원아.' 머리라도 확 한 대

쥐어박고 싶은 심정이었다. 뭐가 그렇게 급했을까. 저녁
에 집에 와서 컴퓨터로 차분히 예매하면 될 일이었는데,
핸드폰으로, 사람 붐비는 지하철에서, 두꺼운 엄지손가락
으로 예매해야만 하는 이유가 뭐였을까.

인터넷에 나와 비슷한 실수를 저지른 사람들의 안타까
운 사례를 찾아봤다. 여행사 직원의 말대로 항공사마다
규정이 다른 것 같았다. 별일 아니라는 듯 금방 바꿔준 곳
도 있었고, 알파벳 개수마다 수수료를 청구하는 곳도 있
었다. 그리고 내게 벌어지지 않았으면 하는, 항공사의 규
정대로 막대한 취소 수수료를 내고 다시 예매해야만 하는
최악의 상황도 있었다.

깊은 한숨을 내뱉고 핸드폰에서 눈을 뗐다. 이미 벌어진
일이었다. 손이 저지른 과거의 실수를 머리로 붙잡고 있
어 봐야 달라지는 건 없었다. 방금 일어난 일은 잠시 덮어
두고, 나는 불곡산을 오르기 시작했다. 오랜만에 만난 친
한 동생과 함께 산을 오르기로 한 날이었기 때문이다. 산
은 그렇게 높지 않았다. 동생의 근황과 내 근황, 이를테면
비행기 표를 예매하는 데 실수로 이름을 잘못 적은 이야

기 따위를 주고받다 보니 어느새 산 정상에 도착했다. 기념사진을 찍으려고 동생이 삼각대를 꺼내는 사이, 내 주머니에서 진동이 울렸다. 여행사 담당자의 전화였다.

"안녕하세요. 방금 항공사와 통화를 마쳤는데요. 입력한 이름을 수정하려면 비용이 발생한다고 합니다. 그런데 그 금액이 꽤 크네요." 청천벽력 같은 소리였다. "네? 비용이 얼마인데요?" 나도 모르게 목소리가 커졌다. 나와 달리 담당자는 차분한 목소리를 유지하며 이렇게 말했다. "이름을 수정하기보다는 취소하고 다시 예약하시는게 나을 것 같습니다. 여행사 규정에 따라 24시간 이내에 취소하면 취소 수수료가 일정 부분 발생합니다만, 이름을 변경하는 것보다는 비용이 적습니다."

여행사의 취소 수수료는 제법 배 아플 만한 금액, 내가 좋아하는 와인 한 병, 근사한 외식 한 끼는 할 수 있을 정도의 금액이었다. 그래도 항공사의 규정에 따라 취소 수수료를 내야 하는 최악의 상황은 면했다. 긍정적으로 생각해서, 이 정도로 끝나는 걸 고맙게 여길 수도 있었다.

나는 한숨을 쉬고 잠시 뜸을 들이다가 답했다. "그럼 그렇게 하겠습니다." 다른 방법이 없었다. 내가 저지른 실수였다. 항공사를 탓할 필요도, 아무 잘못 없는 담당자를 붙잡고 있을 필요도 없었다. 탓할 사람은 나 자신밖에 없었다.

'강주원 사건'이 있고 나서 두 달 후, 혹시나 하는 마음에 비행기 표 가격을 다시 조회했다. 이번엔 "헉"하고 비명을 질렀다. 그 사이에 비행기 표 가격이 폭등한 것이다. 내가 예매한 가격은 35만 원이었다. 장시간을 경유해야 하는 비행편이긴 하지만, 매우 싼 가격이었다. 그런데 불과 두 달 사이에 표 가격이 무려 100만 원으로 세 배나 뛰어버린 것이다. 말도 안 되게 높아진 비행기 표 가격을 보며, 지난번의 실수를 떠올렸다. 웃음이 나왔다. 그땐 울었지만, 지금은 웃고 있었다. 서둘러 비행기 표를 예매한 게 천만다행이라고 생각했다. 아까웠던 여행사 취소 수수료가 가벼운 팁처럼 느껴졌다. 이번 여행은 시작부터 좌충우돌이었다. 실수로 시작해서 울고, 웃었다.

보통 여행은 설레고 기분 좋은 경험이다. 하지만 곰곰이 생각해보면 꼭 그렇지만도 않다. 출국에 필요한 서류를 꼼꼼히 준비하지 못해 마음 졸였던 경험, 장시간의 비행으로 몸살이 걸려 온종일 숙소에 있어야만 했던 경험, 체력이 떨어지고 성격도 예민해진 탓에 여행을 함께 하는 짝꿍과 싸웠던 경험, 상상하지도 못했던 소매치기를 당했던 경험, 이 모든 게 여행의 과정이다. 새로운 세계를 경험한다는 흥분과 설렘에 잠시 잊었을 뿐이지, 여행엔 실수, 당황, 고통의 경험이 동반된다.

튀르키예 여행은 처음이었다. 처음이라 더 좌충우돌했다. 새로운 세상을 더 보고 싶은 마음에 더 움직였고, 그러다 보니 더 길을 잃었고, 그러다 보니 더 많은 체력과 마음을 써야 했다. 우는 일도, 웃는 일도 전보다 훨씬 많았다. 울다가 웃으면 엉덩이에 뿔이 난다던데, 한 달간의 여행을 마치고 집으로 돌아와서 혹시 뿔이 난 건 아닐까, 엉덩이를 확인해야 할 정도였다. 그만큼 힘들기도 하고, 즐겁기도 한 여행이었다.

여행엔 행복만 가득하지 않다는 걸,

고통도 그만큼 많이 따라온다는 걸,

그게 곧 인생이라는 걸 깨닫게 해준 튀르키예 여행.

이제 시작이다.

ISTANBUL

스스로 만든 고통

잘 신고 있던 러닝화에 문제가 생겼다. 새 신발로 교환 해준다는 고객센터의 답을 들은 나는, 당장 가로수길로 향했다. 흘러내리는 땀을 막기 위해 헤드 밴드를 하고, 위 엔 가벼운 바람막이를 입고, 아랜 러닝용 반바지를 입었 다. 새 러닝화를 신고 매장에서 집까지 뛰어올 생각이었 다. 매장에서 집까지의 거리는 15km. 튀르키예로 떠나기 3일 전이었다.

헌 신을 매장에 반납하고, 새 신을 신은 나는 잠깐 몸 을 풀고 그대로 달렸다. 거의 매일 10km를 뛰는 나에게, 15km는 별로 부담스러운 거리가 아니었다. 하지만 오판 이었다. 새 신이라는 사실을 간과한 것이다. 뛰는 도중에 신발 속으로 작은 돌이 하나 들어간 느낌이 들었는데, 거리가 늘어날수록 돌이 점점 커지는 것만 같았다. 경험상 발바닥에 물집이 생겼다는 걸 알 수 있었다. 멈췄어야 했지만, 괜한 오기를 막을 수 없었다. 욱신거리는 두 발을 동시에 땅에 딛는 일 없이, 꾸역꾸역 달려서 집에 도착했다. 곧바로 양말을 벗고 발을 확인하니, 발바닥 양쪽에 커다란 타원형 모양의 물집이 잡혀 있었다. 그때까지만 해도 대수롭지 않게 여겼다. 터지고 나면 알아서 아물겠지, 하고 편하게 생각했다. 그땐 몰랐다. 이 작은 물집이 이번 여행에 어떤 영향을 끼치게 될지.

출국 전날 새벽, 잠에서 깨고 말았다. 오른쪽 발바닥에서 극심한 통증을 느꼈기 때문이다. 작은 크기의 물집이 발 전체를 욱신거리게 했다. 발바닥에 압정이 박힌 채 걸으면 이런 느낌일까. 반쯤 뜬 눈으로 오른쪽 발바닥을 확인했다. 금방 아물었던 왼쪽과는 달리 오른쪽 발바닥에 생긴 물집은 시간이 지나면 지날수록 통증이 심해졌다. 이상하리만큼 벌겋게 물든 물집 사이로 노란 농이 흘러

내리고 있었다. 뭐라도 해야 했기에 과산화수소수로 상처 부위를 소독했다. 거품이 보글보글 올라오면서 지독히 쓰라린 고통이 느껴졌다. 그래도 쓰라림을 참아내며 소독을 마쳤다. 내일은 괜찮아져야만 했으니까. 내일은 그토록 기다리던 출국 날이니까.

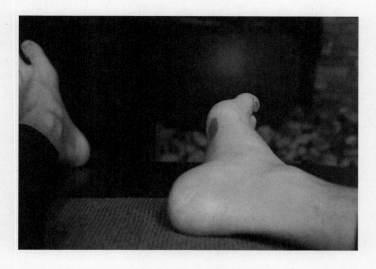

소독을 마치고 다시 잠든 지 세 시간쯤 지났을 때, 잠에서 깼다. 알람이 울리기도 전이었다. 발바닥뿐만 아니라 발 전체가 울리는 느낌이었다. 과산화수소수 따위로 해결

될 상처가 아니었나 보다. 다리나 팔이 부러진 것도 아니고 고작 발바닥에 물집 하나 생긴 건데, 이 조그만 게 출국 날 아침부터 내 기분을 잡칠 줄이야. 다시 상처 부위를 소독하고, 거즈로 상처를 덮고, 짐을 챙겨 문제의 러닝화를 신고 밖을 나섰다. 엘리베이터를 타고 1층으로 내려가 여섯 발짝 정도 걷고 나서 다시 엘리베이터에 탔다. 도저히 신발을 신고 걸을 수가 없었다. 다시 집으로 돌아온 나는 슬리퍼로 갈아 신고, 최대한 상처 부위가 바닥에 닿지 않게 발 바깥 부분으로 걸었다. 걷는 꼴이 꼭 굶주린 좀비 같았다. 죽을 맛이었다. 다 내가 만든 고통이었다.

그 상태로 무거운 가방을 메고, 무거운 캐리어를 끌고, 지하철을 타서 인천 공항에 도착했다. 공항만 가도 설레던 나였는데, 이번엔 울상을 짓고 있었다. 여행을 앞두고 왜 그렇게 무리한 레이스를 펼쳤을까. 누가 시키지도 않았는데, 왜 새 신을 신고 나와의 싸움을 벌였던 걸까. 중간에 아니다 싶은 마음이 들었을 때 택시를 탔다면, 일이 이렇게까지 커지진 않았을 텐데, 도대체 왜 그랬을까. 이유는 하나였다. 그땐 별 생각 없이 한 선택이 지금과 같은 결과를 가져올 줄 몰랐기 때문이다. 이런 꼴을 당하게 될 줄 알았더라면, 새 신을 품에 안고 얌전히 지하철을 타고 집에 왔을 것이다. 아무 생각 없이 내린 한 번의 결정이 하늘에 있는 신을 찾을 정도로 뼈아픈 후회를 남기기도 하는 법이다.

고통의 시간을 건너 공항에 도착했다. 떠나는 기분이라도 내고 싶어 비행기 탈 일도 없으면서 공항을 찾곤 했다. 공항 의자에 앉아 어딘가로 떠나는 여행객들의 설레는 모습을 구경하곤 했다. 오늘은 떠나는 사람을 구경하는 날이 아니라 내가 떠나는 날이었다. 여행 떠나는 기분을 내는 게 아니라 실제로 떠나는 날이었다. 하지만 출국을 앞둔 나는 정작 설렘의 감정을 느낄 수가 없었다. 온 신경이 곤두섰고, 작은 것에도 불편함을 느꼈다. 무거운 가방이 거슬렸고, 썩 부드럽지 않은 캐리어의 바퀴에 신경질이 났다. 고작 물집 하나가 내 여행의 시작을 이렇게 비극적으로 만들 줄은 몰랐다. 비행기를 타고 이동하는 동안 말끔히 나으면 좋을 텐데, 지금 상황으로 봐선 그럴 일은 일어나지 않을 것만 같았다. 쿡쿡 찌르는 통증 때문에 머리가 아팠고, 한 발로 걷다시피 한 터라 몸은 피곤했다. 그 상태로 비행기에 탑승했다. 이제 시작이었지만, 내 마음은 거의 종반을 향하고 있었다.

인천 공항에서 싱가포르 국제 창이공항까지 걸리는 시간은 6시간. 싱가포르 공항에서 10시간 동안 대기하다가, 다시 비행기를 타고 11시간을 더 가야 이스탄불에 도착하는 일정이었다. 대장정의 시작이었다.

내 기분과 상관없이 비행기의 창밖은 언제나 그랬듯 아름다웠고, 욱신거리는 통증에도 눈은 감겼다. 꾸벅꾸벅 졸다 보니 어느새 6시간이 흘러 싱가포르 공항에 도착했다.

경유하는 걸 좋아하는 나지만, 공항에서 10시간을 보내는 건 정말 쉽지 않은 일이었다. 싱가포르에서 유명한 티 브랜드에서 마카롱도 먹고, 식당에서 허기진 배도 채우고, 아픈 다리를 끌고 면세점 구경도 하고, 편의점에서 과자도 사 먹고, 공항에서 할 수 있는 일은 다 했지만, 비행 탑승 시간까지는 7시간이 남아 있었다. 성치 않은 발로 걷다 보니, 아킬레스건과 정강이의 근육까지 뻐근한 상태였다. 이 상태로 뭘 더 하는 건 무리였다. 탑승 시간이 다가올 때까지 공항 내에 있는 괜찮은 의자를 찾아서 가만히 앉아 있는 게 최선이었다.

운이 좋게도 우리가 밥을 먹었던 식당 옆에 편히 누울 수 있는 리클라이너 의자가 있었고, 운이 좋지 않게도 그곳은 비켜줄 마음이라곤 단 한 움큼도 없어 보이는 사람들로 빼곡했다. 우린 근처에 앉아 매의 눈으로 자리를 응시하며, 누군가가 떠나기만을 기다렸다. 자리에 앉은 사람들의 엉덩이가 들썩거릴 때마다 내 엉덩이도 들썩거렸다. 한 시간 정도 기다렸으려나. 드디어 한 사람이 자리를 떴다. 그때만큼은 발의 통증을 잊고 거의 달리다시피 자리로 향했다. 리클라이너 의자가 도대체 뭐라고.

두 자리였으면 좋았으련만, 우리에게 주어진 건 단 한 자리였다. 형식적으로 자리를 양보한 나와 달리, 짝꿍은 진심으로 자리를 양보했다. 나는 미안한 마음에 15분마다 자리를 바꾸자는 말을 남기고 리클라이너 의자에 그대로 뻗었다. 조금은 살만했다. 시간이 더 지나자 옆자리에 있던 사람이 자리를 떴다. 나는 다른 사람이 앉을까 봐 벌떡 일어나서 다급히 짝꿍을 불렀다. 평소 같으면 하지 않았을 행동이었지만, 간절함은 사람을 바꾸는 법이다.

힘든 사투 끝에 자리를 차지한 우리는 탑승 시간이 다가올 때까지 에너지를 충전했다. 시간이 흐르고, 또 흘렀다. 그토록 간절했던 리클라이너 의자였는데, 한자리에 계속 앉아 있는 것도 죽을 맛이었다. 차라리 일어서서 돌아다니는 게 낫겠다는 어리석은 생각이 들 때쯤, 우린 이스탄불로 떠나는 비행기에 탑승했다.

그 이후의 시간은 잘 생각나지 않는다. 자다가 일어났다가, 영화를 한 편 봤다가, 발을 한 번 살폈다가, 머리를 앞 좌석에 박고 곡소리를 냈다가, 다시 일어나서 허리를 폈다가, 거의 몸부림을 쳤다. 11시간 동안 이어진 고통이었다. 그 어느 때보다 쉽지 않았던 장시간의 비행이 끝나고, 우리는 이스탄불 국제 공항에 도착했다. 고통은 이제 끝이라고 생각했다. 이 정도면 충분하다고 생각했다. 하지만 그건 내 바람일 뿐, 삶은 내게 속삭였다. 이제부터가 진짜 시작이야, 인마, 라고.

ISTANBUL

여행이 쉬운 것만은 아니야

수화물을 찾고 이스탄불 시내로 향하는 공항버스를 타러 가는 중이었다. 그때 주머니에서 진동이 울렸다. 알 수 없는 번호로 걸려 온 전화였다.

"Mr. Kang?" 정체불명의 여성이 다짜고짜 내 이름을 확인했다. 불길한 예감이 들었다. 수화기 너머의 여성은 내 이름을 확인한 후 이렇게 물었다. "안녕하세요. 싱가포르 항공입니다. 혹시 다른 분의 캐리어를 가져가지 않으셨나요?" 가슴이 철렁해서 캐리어를 쳐다봤지만, 다행히도 둘 다 내 것이었다. 나는 확신에 찬 목소리로 답했다. "아니요. 저희 거 맞습니다. 무슨 일이죠?" 그녀 또한 확신에 찬 목소리로 말했다. "당신의 캐리어가 여기 있거든요."

나는 당황한 손길로 캐리어 하나를 펼쳤다. 그곳엔 처음 보는 물건들이 가지런히 정리돼 있었다. '아니, 이게 왜 여기….'

안내 센터에서 만난 직원을 따라 공항 내 어딘가로 걸었다. 온전치 않은 발로 걸어가기엔 꽤 먼 거리였다. 장시간의 비행으로 쌓인 피로 때문에 다리의 무게는 바위처럼 무거웠고, 나 때문에 공항을 떠나지 못하고 있을 캐리어 주인 생각에 마음은 납처럼 무거웠다. 내 옆에서 입을 열지 않고 묵묵히 나를 안내하는 직원 때문인지 마음은 더 무거워졌다. 마치 큰 죄를 짓고 교도소에 끌려가는 기분이었다. 본의 아니게 캐리어를 바꿔치기해서 누군가의 시간을 30분가량 빼앗았으니, 그것도 큰 죄라면 죄였다.

내가 도착한 곳은 수화물 사고 문제를 처리하는 사무실이었다. 그곳에 도착하니 목에는 꽤 무거워 보이는 금목걸이를 하고, 민소매 티를 입어 노출된 우람한 팔에는 커다란 타투를 새긴 한 남자가 앉아 있었다. 그 옆엔 그 남자의 캐리어와 정확히 똑같은 모양의 내 캐리어가 있었다. 나는 심드렁해 보이는 그의 얼굴을 보자마자 미안한 마음을 담아 말했다. "죄송합니다. 정말 죄송해요." 그는 고개를 들어 나의 얼굴을 보더니, 자리에서 벌떡 일어났다. 그리고 내 손을 잡고 등을 토닥거리며 이렇게 말했다. "괜찮아요. 다들 하는 실수죠."

나 때문에 적어도 30분은 공항에 묶여 있었을 텐데, 인상 한 번 쓰지 않고 오히려 웃음을 건네는 그가 고마웠다. 잠시 운명이 뒤바뀌었던 캐리어를 받은 그는, 고개를 돌려 밝은 미소 함께 엄지를 치켜올리더니 문을 열고 길을 떠났다. "Have a nice trip." 나는 고마운 마음을 담아 큰 소리로 말했다.

생각보다 훈훈하게 사건을 마친 나는, 드디어 공항버스에 탑승했다. 하지만 공항버스를 탔다고 해서 끝이 아니었다. 공항버스에서 이스탄불 시내, 탁심Taksim 광장까지는 한 시간이 넘는 거리였고, 탁심 광장에 도착하고 나면 다시 숙소로 이동해야 했다. 예약해 둔 숙소에 도착하기 위해서는 탁심 광장에서 버스를 타고 30분을 더 가야만 했다. 끝나지 않는 이동, 그야말로 산 넘어 산이었다.

공항버스에서 꾸벅꾸벅 졸다 보니 탁심 광장에 도착했다. 마음 같아서는 택시를 타고 숙소까지 이동하고 싶었지만, 체크인하기에는 너무 이른 시간이었다. 우린 남는 시간에 카르트Kart를 준비할 겸 대중교통을 이용해 숙소로 이동하기로 했다.

카르트는 이스탄불의 대중교통 카드인데, 이거 하나면 이스탄불의 대중교통을 모두 이용할 수 있다. 이스탄불 여행을 위한 필수 아이템인 카르트는 지하철역 내에서 구매할 수 있었다. 모든 지하철역에 있는 건 아니었지만, 다행히도 탁심역에서는 카르트를 구할 수 있었다.

나는 거대한 캐리어를 끌고 사람들이 북적거리는 탁심 지하철역 안으로 들어가 카르트 판매 기계를 찾았다. 카르트를 충전하고 구매하려는 사람들이 줄을 서 있어서 찾는 게 어렵진 않았다. 나도 그 줄에 합류해 차례를 기다리다 카르트 충전 기계 앞에 섰다. 그런데 기계에 손을 댈 수가 없었다. 튀르키예어가 화면에 가득했기 때문이다. 내가 찾지 못하는 건지, 원래 그런 기능이 없는 건지, 영문 변환 버튼을 찾을 수가 없었다. 기계 앞에 서서 느려터진 로밍 데이터를 이용해 카르트 구매 방법을 찾아봤지만, 누구 하나 똑 부러지게 설명해주는 사람이 없었다. 괜히 뒤통수가 따가워 뒤를 돌아봤더니, 내 뒤로 긴 줄이 늘어서 있었다. 그 시선을 견딜 배짱이 없었던 나는, 자리를 양보하고 다시 맨 끝으로 이동했다.

차례가 오기 전에 대충 이용법을 숙지한 다음, 다시 카르트 충전 기계 앞에 섰다. 그리고 인터넷의 아무개가 알려준 대로 버튼을 클릭했다. 하지만 기계는 카르트를 내놓을 생각이 없어 보였다. 기계가 고장 난 건지, 내가 허튼 버튼을 누르고 있는 건지, 기계는 묵묵부답이었다. 몇 번의 시도 끝에 이제 됐다 싶어 지폐를 넣었지만, 기계는 지폐를 그대로 뱉어낼 뿐이었다. 결국 문제를 해결하지 못하고 다시 맨 뒷줄로 이동하려는 순간, 직사각형의 빨간 카드를 여러 장 손에 쥐고 있는 아저씨가 내게 다가와 이렇게 말했다. "카르트. 50리라."

그는 한 장에 25리라인 카르트를 대량으로 구매해 정상가의 두 배인 50리라에 팔고 있었다. 머리를 굴려 리라를 원화로 환산해보니, 고작 2천 원 차이였다. 하지만 나는 아저씨에게 카르트를 구매하는 손쉬운 방법을 택하지 않았다. 다시 한번 도전하기로 했다. 교통 카드 하나 제대로 뽑지 못해서, 관광객을 상대로 카르트를 판매하는 암표상 아저씨에게 두 배나 되는 돈을 주고 싶지는 않았다.

다시 내 차례가 왔고, 이번에는 꼭 해내겠다는 마음으로 버튼을 꾹꾹 눌렀다. 하지만 기계는 여전히 먹통이었다. 이 정도면 내가 바보거나, 이 기계가 고장이 났거나, 둘 중 하나였다. 기계 앞에 우두커니 서 있는 나에게 카르트 암표상 아저씨가 다시 다가왔다. 그는 잔뜩 경계하고 있는 나를 옆 기계로 데려가더니 직접 버튼을 클릭했다. 몇 번의 클릭을 마친 그는, 날 보더니 손에 쥐고 있는 지폐를 기계에 넣으라고 했다. 그의 말을 따라 지폐를 넣자 먹통인 줄 알았던 기계가 카르트를 뱉어냈다. '아니, 얘가 사람을 가리나….' 피폐한 모습으로 애쓰는 내 모습이 안타까워 보였을까, 직접 해내겠다는 내 의지가 가상해서였을까. 이유가 뭐가 됐든 나를 도와준 암표상 아저씨 덕분에 어렵게 카르트를 얻을 수 있었다.

힘겹게 얻은 카르트를 손에 들고, 역 밖으로 나가 버스를 기다렸다. 버스는 지도 앱에서 알려준 도착 예정 시간보다 20분이나 늦게 왔다. 버스에 탄 우리는 각자 자리를 찾아 앉았다. 둘이 붙어 앉을 의자를 찾는 건 사치였다. 앉아 갈 수만 있어도 감지덕지였다. 멀리 떨어져 앉은 짝꿍은 어느새 꾸벅꾸벅 졸고 있었다. 나까지 졸다간 목적지를 놓쳐버릴까 봐 눈을 감지 않기 위해 안간힘을 썼다. 이 시점에서 떠오르는 건 단 하나였다. 대자로 뻗을 수 있는 침대. 그거 하나면 더 바랄 게 없었다.

다행히 목적지를 지나치지 않고 버스에서 내렸다. 시계를 확인하니 오후 1시. 체크인 시간은 두 시간 뒤인 3시였다. 도저히 두 시간을 기다릴 자신이 없었던 나는, 호스트에게 사정을 말하고 체크인 시간을 앞당겨 달라고 부탁할 생각이었다. 하지만 숙소 예약 앱을 켜고 화면을 본 순간, 나는 거의 바닥에 주저앉을 뻔했다. 〈체크인 시각 오후 6시〉 이럴 수가. 체크인 시간은 오후 3시가 아니라 오후 6시였다. 아니, 어떻게 체크인 시간이 오후 6시란 말인가. 나는 왜 체크인 시간도 제대로 확인하지 않았단 말인가.

3시도 무리였지만, 6시까지는 도무지 버틸 힘이 없었던 나는, 호스트에게 애걸복걸하는 마음으로 메시지를 보냈다. "죄송합니다만, 저희가 생각보다 좀 일찍 도착해서요. 혹시 조금만 더 시간을 앞당겨서 들어갈 수 있을까요?" 다행히도 호스트는 곧장 답했다. "제가 지금 다른 곳에서 일하는 중이라서요. 괜찮으시다면 3시에는 체크인을 도와드릴 수 있을 것 같아요."

불행 중 다행이었다. 나는 그에게 고맙다는 메시지를 남기고, 숙소 근처에 있는 간판도 없는 가게에 들어갔다. 그곳에서 치즈와 계란으로 만든 듯한, 식감이 참 어색했던 빵, 뵤렉을 먹었다. 그리고 튀르키예 사람들이 거의 물처럼 마시는 차이 티를 마시며 한 시간을 보냈다. 마음 같아서는 이곳에서 세 시까지 기다리고 싶었지만, 좁은 가게에서 시간을 계속 보내는 건 염치 없는 행동인 거 같아 근처 공원으로 향했다. 의자 하나 없는, 있는 거라곤 비둘기의 배설물이 가득한 황량한 공원이었다. 근처 마트에서 산 미지근한 탄산음료를 마시며 한 시간을 흘려보냈다.

오후 3시, 간절히 기다리던 호스트의 연락을 받고 우린 드디어 숙소로 들어갈 수 있었다. 인천 공항에서 비행기에 탑승한 지 36시간이 흐른 후였다. 숙소에 도착한 우리는 대충 짐을 풀고 샤워를 마치고 곧장 침대에 누웠다. 천근만근인 내 몸을 침대가 빨아들이는 느낌이었다. 정신을 못 차리는 내게 짝꿍이 말했다. "여행이 쉬운 것만은 아니야." 고개를 끄덕거릴 힘도 없는 나는 웃음으로 대신 답했다.

오후 4시 반, 해는 아직 중천에 있었다. 밖에 나가서 저녁을 먹고 싶었던 나는 눈을 감지 않기 위해 애썼다. 하지만 점점 무거워지는 눈꺼풀을 이기지 못하고 잠깐 눈을 감았다 떴는데 밖이 어두워져 있었다. 시계를 확인하니 새벽 4시 반이었다. 우린 잠을 잔 게 아니었다. 12시간 동안 기절해 있었다.

다시 눈을 감아도 잠이 오지 않아, 일어나서 커피를 내려 마시고, 어제 먹다 남은 보렉을 데워 먹고, 길거리에서 산 체리를 먹고, 장시간의 비행 때문에 밀린 업무를 하고 나니 밝은 해가 고개를 내밀었다. 한 달 같았던 하루를 보내고 맞이한, 이스탄불에서의 첫 아침이었다.

ISTANBUL
뭐든지 과하면 좋지 않은 법

아마, 아잔 소리가 아니었으면 계속 기절해 있었을 것이다. 하루 다섯 번 울리는 아잔은 이슬람 사원에서 예배 시간을 알리는 소리다. 변칙적인 음을 오르내리며 알 수 없는 언어가 반복되는 아잔 소리를, 처음엔 튀르키예의 전통 음악 소리라고 생각했다. 그도 그럴 것이 어떻게 들으면 우리나라 민요 같기도 하고, 어떻게 들으면 스님이 외는 염불 같기도 했다. 나중에서야 아잔은 음악이 아니라, 일정한 시간에 담당 신도가 아라비아어로 읊는 문장이었다는 사실을 깨달았다.

어쨌든 중요한 건, 첫 아잔 소리가 새벽 네 시 반에 울렸다는 것이다. 하필 이슬람 사원이 숙소의 양쪽에 있어서,

약간의 시간 차이를 두고 서로 화음을 맞추기라도 하는 듯 크게도 울렸다. 이 소리를 듣고도 잠에서 깨지 않는 사람이 과연 있을까.

아잔 소리에 의도치 않게 일찍 일어나긴 했지만, 그래도 12시간을 내리 잔 덕분에 컨디션이 조금은 괜찮아졌다. 뜻밖의 아침형 인간이 된 나는, 이른 시간이긴 하지만, 서둘러 나가보기로 했다. 목적지는 고민할 필요가 없었다. 이스탄불에는 가장 먼저 들르고 싶은 곳, 가장 먼저 들러야만 하는 곳이 있었기 때문이다. 아야 소피아Hagia Sophia, 이스탄불 여행의 시작은 이곳이 제격이었다.

나가기 전, 발 상태를 점검했다. 여전히 노란 농이 흐르고 있었다. 살을 에는 고통을 참고 과산화수소수를 발바닥에 부은 후에 거즈로 상처를 덮었다. 많이 걸어야 했기에 오늘은 운동화를 신어볼까 하다가 이내 포기하고 슬리퍼를 신었다. 걸을 때마다 발 전체를 욱신거리게 만드는 통증은 여전했다. 하루 정도는 쉬는 게 낫지 않을까 생각하기도 했지만, 이딴 작은 물집 하나 때문에 첫날을 버리고 싶지는 않았다. 발의 고통보다 이스탄불에 대한 기대감이 더 컸다.

어제 힘들게 구매한 카르트로 지하철을 타고 아야 소피아에서 가장 가까운 지하철역에서 내렸다. 역에서 아야 소피아까지의 거리는 걸어서 30분, 지금의 내 상태로는 적어도 40분이었다. 지하철이 아니라 트램을 탔더라면 걷는 시간을 훨씬 줄일 수 있었을 텐데, 이스탄불이 처음인 초보 여행자의 어리석은 선택이었다.

그래도 아야 소피아까지 걷는 길에 재미난 것을 많이 만났다. 걷다 보니 이스탄불 대학교가 나왔고, 학생이 아니면 입장할 수 없다고 말하는 경비원에게 쫓겨나 아쉬운 마음에 옆에 있는 박물관에 들어갔다. 뭐 하는 곳인지도 모르고 들어간 박물관에는 웬 수도꼭지와 양동이 같은 게 전시돼 있었다. 튀르키예어로 쓰인 안내문의 문장도 읽을 수 없었고, 튀르키예어로 말하는 안내원의 설명도 이해할 수 없었지만, 박물관에 전시된 유물들과 벽에 붙은 사진을 보고 알 수 있었다. 이곳은 튀르키예의 대중목욕탕, 하맘Hamam 박물관이라는 걸.

한국의 목욕탕은 주로 온탕, 냉탕, 사우나가 중심이고,

때를 밀거나 마사지를 받는 때밀이 섹션, 일명 '세신'은 부가적인 서비스다. 튀르키예의 목욕탕은 우리나라와 반대인 듯했다. 목욕탕의 중앙에 10명은 거뜬히 누울 수 있는 커다란 대리석이 있는데, 그곳에 누워 마사지나 때밀이 서비스를 받는 구조였다. 이전에도 튀르키예에서 하맘 서비스를 받은 사람들의 후기를 주워듣긴 했지만, 박물관에 오니 그 문화가 더 궁금해졌다. 한국과 비슷한 것 같으면서도 다른 면이 많았던 하맘 문화를 간접 체험한 나는, 여행 중에 꼭 한 번은 하맘 서비스를 받아 보리라 다짐하며 아야 소피아로 발걸음을 돌렸다.

더운 날씨에 욱신거리는 발을 끌고 뒤뚱뒤뚱 걷다 보니, 물건을 파는 상인들로 북적거리는 거리가 나타났다. 궁금한 마음에 발걸음을 잠시 멈췄더니, 어느새 한 아저씨가 다가와 호객행위를 하기 시작했다. 손을 들어 거절 의사를 밝히고 몇 발자국을 옮기자 또 다른 아저씨가 양말 몇 켤레를 들어 보이며 호객행위를 했다. 거리는 상인들의 목소리로 시끌벅적했고, 오가는 관광객들로 붐볐다. 도대체 뭘 하는 곳이길래 이렇게 많은 사람이 모여 있는 걸까. 거리를 그냥 지나치지 않고 안으로 들어가니, 입구의 꼭대기에 한 단어가 커다랗게 걸려 있었다. 'Grand Bazar'. 이곳은 바로, 15세기부터 지금까지 역사를 이어오고 있는, 세계에서 가장 큰 시장으로 알려진, 그 유명한 '그랜드 바자르'였다.

유럽 대륙과 아시아 대륙의 중간 지점에 있는 이스탄불은 오래전부터 자연스레 동서양의 문물이 오가는 교차로 역할을 했다. 그 과정에서 시장이 형성됐고, 그 규모는 점점 커져 지금의 거대한 시장, 그랜드 바자르가 됐다.

이곳 명성은 익히 들어 꽤 기대했던 곳이었다. 이스탄불에서 꼭 들러야 할 리스트의 상단을 차지했던 곳이었다. 하지만 나는 시장에 들어간 지 한 시간도 채 되지 않아 출구를 찾느라 바빴다. 그랜드 바자르의 명성과 내가 느끼는 것 사이에는 큰 갭이 있었기 때문이다.

눈에 보이는 건, 보석과 액세서리를 파는 쥬얼리 가게, 튀르키예의 전통 디저트를 파는 디저트 가게, 과연 진짜 핸드 메이드일까 싶은 카펫 가게, 짝퉁 브랜드를 파는 옷가게, 보통 가격보다 3~4배는 비싸게 차를 파는 카페 따위가 전부였다. 게다가 시장 안은 담배 냄새로 가득했다. 길을 지나다니는 관광객뿐만 아니라, 상점의 상인들까지도 모두 담배를 피우고 있었다. 커다란 돔 지붕이 바깥 공기를 차단하고 있어, 담배 연기와 냄새가 시장 안을 뒤덮고 있었다. 바닥에 널브러진 담배꽁초가 눈을 피곤하게 만들었고, 공기 중의 담배 연기가 코를 피곤하게 만들었다. 시끄럽고 복잡한 시장에서 어서 빠져나가야겠다는 생각뿐이었다. 그랜드 바자르를 도망치듯 빠져나온 우리는, 걷고 또 걸어 본래의 목적지인 아야 소피아에 도착했다.

이스탄불에 온 사람들은 보통 아야 소피아를 여행의 시작점으로 삼는다. 이곳에서 로마의 1,000년, 튀르키예의 전신인 오스만 제국의 600년 역사를 동시에 느낄 수 있기 때문이다. 또한 동서양의 문화가 조화를 이루는 이스탄불의 대표적인 건축물이며, 기독교와 이슬람을 한 공간에서 마주할 수 있는 유일한 공간이기도 하다.

아야 소피아는 537년, 동로마의 황제, 유스티아누스의 명으로 만들어진 성당이다. 완공된 아야 소피아 성당을 본 유스티아누스 황제가 "솔로몬예루살렘 성전을 건축한 왕이여, 내가 그대를 이겼노라."라고 말했다는 유명한 일화가 있다. 그의 반응이 과장된 것 아니었을 것이다. 그로부터 약 1,500년이 흐른 지금 봐도 화려함과 웅장함에 압도되는데, 당시의 사람들은 아야 소피아를 보고 어떤 느낌이었을까. 내가 외계 행성에 가서 외계인들이 지은 건축물을 구경하는 느낌과 비슷하지 않았을까.

하지만 아야 소피아 성당의 영광은 계속 갈 수 없었다. 1453년, 오스만 제국의 술탄 메흐메드 2세가 콘스탄티노플지금의 이스탄불을 함락하면서 수 천 년을 이어온 로마 제국이 무너진 것이다. 물론 아야 소피아 성당도 피해를 받을 수밖에 없었다. 불행 중 다행이라고 해야 할까. 메흐메드 2세는 아야 소피아 성당을 허물지 않았다. 대신 이슬람 사원으로 개조해버렸다. 외부엔 이슬람 사원임을 상징하는 첨탑을 세웠고, 내부는 기독교를 상징하는 벽화를 모두 회반죽으로 칠해버린 다음, 이슬람을 상징하는 문양과 표식으로 덮어버렸다. 하느님을 향해 기도를 드리던 곳이, 알라를 향해 예배를 드리는 곳으로 바뀐 것이다. 하지만 세월이 흘러 회반죽이 벗겨지면서 과거의 기독교 벽화가 다시 모습을 드러내게 됐고, 현재는 기독교와 이슬람이 공존하는 유일무이한 공간이 됐다. 오스만 제국이 동로마 제국을 함락한 이후 아야 소피아는 이슬람 사원으로 사용됐지만, 1934년, 튀르키예의 초대 대통령 아타튀르크Mustafa Kemal Atatürk가 이곳을 박물관으로 전환하면서 전 세계인이 찾는 지금의 아야 소피아가 된 것이다.

이곳에 입장하기 위해서는 몇 가지 규칙을 따라야 했다. 신발을 벗어야 했고, 여자는 머리에 히잡을 둘러야 했다. 박물관 안에서 굳이 히잡을 둘러야 하는 이유가 궁금했지만, 히잡을 착용하지 않으면 입장이 불가하다는 안내를 보고 군말 없이 규칙을 따르기로 했다. 히잡을 가지고 다닐 리 없는 관광객을 위해 입구에서 허술한 천 쪼가리를 10리라에 팔고 있었다. 부직포 같은 파란 천을 짝꿍의 얼굴에 두르고, 신고 있던 신발을 벗어 신발 함에 넣고, 드디어 아야 소피아의 입구에 발을 디뎠다.

"아, 이거 무슨 냄새야." 바닥에서 올라오는 쿰쿰한 발냄새가 내 콧구멍을 때렸다. 오늘 하루만 해도 수천, 수만 명이 맨발로 밟았을 카펫에서 전 세계인의 발냄새가 진동했다. 아야 소피아의 첫인상은 천 년이 넘는 역사가 주는 웅장함도, 수없이 발생한 지진도 거뜬히 버텨낸 건축물의 굳건함도 아니었다. 들숨은 짧고 날숨은 길게 만드는, 지독한 발냄새였다.

내 콧구멍을 강렬하게 때리는 냄새를 참고, 이제는 아야 소피아의 내부에 집중해보기로 했다. 가장 먼저 눈에 들어온 건, 둥그렇게 패인 돔 형식의 커다란 지붕이었다. 놀랍게도 이 커다란 돔을 받치고 있는 기둥은 하나도 없었다. 네 개의 작은 돔이 이 커다란 돔을 받치고 있을 뿐이

었다. 돔이 무너지지 않게 만들기 위해 얼마나 정교하게
계산하고 고민했을지, 감히 상상할 수가 없었다.

지붕을 뚫어져라 쳐다보다가 시선을 조금 아래로 내렸
다. 천장엔 날개 달린 천사들의 벽화가 그려져 있었다. 어
제 그린 거라고 해도 믿을 정도로 보존이 잘 된 벽화였다.
그리고 그 중앙에는 '알라'와 '무함마드'를 아랍어로 쓴
거대한 표식이, 그 가운데에는 하얀 천으로 가려져 제대
로 보이지 않는 벽화가 있었다. 처음에는 무심코 지나갔
는데, 나중에 확인해 보니, 하얀 천 뒤에 있는 건 예수를
안고 있는 성모 마리아 벽화였다. 박물관으로 사용한다면

서 왜 군이 예수 벽화를 하얀 천으로 가렸을까.

현 튀르키예 대통령 에르도안Recep Tayyip Erdogan이 2020
년에 아야 소피아를 다시 이슬람 사원으로 전환했다는 사
실을 나중에야 알게 됐다. 여성이 입장할 때 히잡을 둘러
야 했던 이유, 예배를 드리는 방향에 있는 예수의 벽화를
천으로 가린 이유도 그 때문이었다. 무슬림에게는 당연한
일이었겠지만, 기독교인에게는 슬픈 일, 관광객에게는 아
쉬운 일이었다.

아무리 가까이 가도, 아무리 각도를 틀어 사진을 찍어
도, 하얀 천으로 가려진 벽화를 제대로 볼 순 없었다. 나

는 보이지 않는 벽화에서 시선을 조금 더 내렸다. 아야 소피아의 중앙을 가득 메울 정도로 커다란 샹들리에가 있었고, 그 아래엔 샹들리에를 배경으로 사진을 찍으려는 사람들이 즐비했다. 신이 나서 소리를 지르며 뛰어다니는 아이들, 소음 속에서도 묵묵히 예배를 드리는 사람들, 나처럼 휘둥그레진 눈으로 사진을 찍어대는 관광객들이 무질서하게 아야 소피아를 누비고 있었다.

출구의 바로 맞은 편에는 파란 돔의 모스크가 자리 잡고 있었다. 바로 블루 모스크Blue Mosque였다. 블루 모스크는 술탄 아흐메트 1세가 17세기에 지은 사원이다. 아야 소피아의 출구에서 약 5분 정도만 걸으면 닿을 수 있는 짧은 거리였다. 왜 굳이 아야 소피아의 맞은편이어야만 했을까. 아마, 오스만 제국의 위대함, 술탄 자신의 건재함을 과시하기 위해서가 아니었을까.

이슬람 사원의 외부엔 미나렛Minaret이라고 부르는 기다란 첨탑이 한 개 이상 있는데, 이 첨탑이 사원의 격을 상징한다고 한다. 당시 극심한 재정난을 겪고 있는 상황에서도 블루 모스크의 첨탑을 황금으로 지으라고 지시한 걸

보면, 술탄 아흐메트 1세의 욕심을 엿볼 수 있다. 하지만 첨탑은 그가 바란 대로 지어지지 않았다. 담당 건축가가 '금altın'을 '6개altı'로 잘못 알아듣고 황금 첨탑 대신 6개의 첨탑을 만들어버렸기 때문이다. 치명적인 실수로 완성된 모스크였지만, 그 모습이 마음에 들었던 술탄은 그의 죄를 면해줬다고 한다.

그의 욕심만큼이나 블루 모스크의 외관은 아야 소피아 못지않게 크고 화려했다. 내부는 얼마나 화려할까, 잔뜩 기대하고 들어갔지만, 제대로 된 모습을 구경할 수가 없었다. 내부 공사 중이었기 때문이다. 그게 아니었더라면 두 곳을 비교하는 재미가 있었을 텐데 아쉬울 따름이었다.

두 개의 모스크 구경을 마친 우리는 허기진 배를 달래기 위해 손님들이 줄을 길게 늘어서 있는 코프테 가게에서 밥을 먹었다. 한국 음식으로 치자면, 꼬치 길이의 떡갈비를 파는 곳이었다. 배가 고파서인지, 음식이 맛있어서인지, 코프테를 허겁지겁 먹고, 디저트로 쌀로 만든 푸딩, 수틀라츠까지 정신없이 해치웠다. 배가 불러오니 몸이 나

른해지기 시작했다. 아니, 나른하다기보다는 온몸의 힘이 쭉 빠지는 기분이었다. 밥을 먹으면 힘이 나야 하는데, 그 반대였다. 그냥 많이 걸어서 그렇겠거니 생각했다.

집으로 돌아갈 때까지도 트램의 존재를 몰랐던 나는, 왔던 길과 같은 길로 걸었다. 같은 거리가 두 배는 길게 느껴졌다. 화려한 모스크를 구경하느라 잠시 잊고 있었던 발의 통증이 다시 올라왔다. 슬리퍼를 신고 걷는 것도 불편한데, 발바닥의 통증을 피하려고 발 바깥쪽으로 땅을 디디며 걸으니 죽을 맛이었다. 아킬레스건은 끊어질 듯 뻐근했고, 정강이는 쥐가 날 듯 아팠다. 걸으면 걸을수록 몸의 기운이 쭉 빠져나가는 것 같았고, 내 몸이 마음처럼 움직이지 않았다. 영혼은 하늘을 향해 날아가려는데, 육체는 무거운 돌덩이에 묶여 있는 기분이었다.

우여곡절 끝에 숙소 근처에 도착해서 저녁거리를 사러 마트에 들렀을 땐, 남아 있는 힘이 거의 없었다. 몸을 가누기가 힘들 정도였다. 아이스크림 냉동고에 살짝 걸쳐 앉아 장을 보는 짝꿍을 기다리며 넋을 놓고 있었다. 저녁에 먹을 음식을 꼼꼼히 살피는 짝꿍을 기다리다가 바닥에 주저앉을 뻔했다. 단순히 많이 걸어서 힘든 게 아니었다. 덩치와 맞지 않게 허약한 체질 때문에 몸살을 수시로 겪었던 내 과거를 미루어 봤을 때, 이건 명백한 몸살이었다. 기나긴 비행을 마친 다음 날, 성치도 않은 두 발로 걸어서 하맘 박물관, 그랜드 바자르, 아야 소피아, 블루 모스크에 갔다. 몸살이 나지 않는 게 이상한 일이었다.

숙소로 돌아온 나는 간단한 저녁을 먹고, 약국에서 사 온 진통제를 먹었다. 오후 7시, 아직 해가 떨어지지 않았지만, 나는 또다시 기절했다. 어제에 이은 두 번째 기절이었다. 그리고 다음 날 새벽 4시 반, 또다시 아잔 소리에 잠이 깼다. 내가 도대체 언제 잠이 든 거지, 하며 비몽사몽 일어났다. 다행히 몸 상태가 조금은 회복됐지만, 완전하지는 않았다.

한국인들은 여행도 일처럼 한다는 말이 있다. 여행지에 와서 느긋하게 쉬는 법 없이 열심히 돌아다니는 사람들을 약간 비꼬는 듯한 말이다. 나는 그 말에 썩 동의하지 않는다. 그저 여행의 성격이 다른 거다. 지친 몸과 마음을 쉬게 하는 휴양 성격의 여행이 있고, 더 많은 걸 보고 듣고 느끼기 위한 탐험 성격의 여행이 있다. 내가 바라는 이번 여행은 몇 발짝만 나서면 해변이 있는 비싼 호텔에서 고급스러운 조식을 먹고, 느지막이 해변으로 나가 태닝을 하며 책을 읽는, 그런 여행이 아니었다. 낯선 문화를 더 깊이 느끼고, 새로운 사람들의 이야기를 더 많이 듣기 위해 열심히 탐험하기를 바랐다. 힘들더라도 더 많이 걷고, 더 땀 흘리고 싶었다. 그 과정에서 더 깊이 생각하고, 더 많이 기록하고 싶었다. 그게 내가 원하는 이번 여행이었다.

그래도 좀 무식하긴 했다. 성한 몸으로도 소화하기 힘든 일정을 꾸역꾸역 소화하다 몸살까지 얻었으니 말이다. 과유불급, 뭐든지 과하면 좋지 않은 법이다.

ISTANBUL
온수 좋은 날

하루의 패턴이 순식간에 바뀌어서일까. 이스탄불에 도착한 지 시간이 꽤 흘렀지만, 몸 상태는 여전히 좋지 않았다. 시차의 영향도 컸다. 오후 6시만 돼도 눈이 뻐근했고, 일찍 잠이 들어도 새벽 4시 반이면 잠에서 깼다. 어떤 날은 아잔 소리를 듣기도 전에 일어나기도 했다. 몸이 찌뿌둥하니, 마음도 뒤숭숭했다. 달리기라도 하면서 몸 좀 풀면 좋을 텐데, 지면이 울퉁불퉁하고 사람 가득한 이스탄불에서 달리는 건 쉬운 일이 아니었다. 장시간의 비행 여파가 아직도 끝나지 않은 기분이었다. 특단의 조치가 필요했다. 지금 우리에게 필요한 건, 하맘이었다.

"아니, 사우나 한 번 하는데 무슨 50유로야?" 하지만 가격을 본 나는, 생각보다 비싼 가격에 까무러칠 뻔했다. 튀르키예 화폐인 리라로 받지 않고 유로로 받는 것도 이상했지만, 목욕 한 번 하는데 50유로, 한화로 7만 원 정도를 받는 건 더 이상한 일이었다.

과한 서비스는 필요 없었다. 나에겐 입장료 7천 원에 사우나와 냉탕을 넘나들며 피로를 씻어낼 수 있는, 한국 어디에서나 볼 수 있는 목욕탕 정도면 충분했다. 그래서 역사적 가치니, 최고급 서비스니, 이런 거 다 떼고 내가 수긍할 수 있는 합리적인 가격으로 서비스를 제공하는 곳을 찾았다.

열심히 손가락을 굴려 옵티멈 아울렛Optimum Outlet 근처에 있는 하맘을 찾았다. 걸어서 25분 정도 걸리는 거리를 근처라고 하기엔 좀 애매할 수도 있지만, 어쨌든 아울렛에서 쇼핑도 할 겸, 우린 이곳에서 그간 쌓인 피로를 풀기로 했다. 관광객들이 많이 찾는 곳은 아닌 듯했지만, 현지인들의 리뷰가 믿음직스러운 곳이었다. '그래, 오늘은 아울렛에서 가볍게 쇼핑하고, 튀르키예의 목욕탕에서 컨디션을 제대로 회복하고 오는 거야.'

아울렛에 가서 쇼핑 좀 하다가 목욕탕에서 피로를 풀고 숙소로 돌아오는 게 오늘의 계획이었다. 계획대로라면 전혀 무리 없는 일정이었다. 계획대로라면.

아울렛은 숙소에서 한 시간 정도 떨어진 위치에 있었다. 가장 빨리 가는 방법은 메트로 버스를 이용하는 것이었다. 메트로 버스는 시내버스와 달리, 전용 차도가 있었다. 그래서 마치 기차가 선로를 달리듯 시원하게 앞으로 나아 갔다. 버스에서 내린 우리는 다시 지하철로 환승하기 위해 지하철역을 찾았다. 그리고 카르트를 찍고 역 안으로 들어가려는데, 짝꿍이 의아한 표정으로 주머니를 샅샅이 뒤지고 있었다.

"내가 분명히 주머니에 넣어뒀는데 카르트가 없어." 살핀 주머니를 또 살피고, 가방까지 탈탈 털어가며 뒤졌지만 카르트는 나오지 않았다. 짝꿍이 버스에서 내리자마자 "왜 주머니가 튀어나와 있지?"라고 했던 말이 떠올랐다. 그제야 깨달았다. 카르트를 잃어버린 게 아니라, 누군가에게 빼앗겼다는 것을. 소매치기를 당한 것이다.

유럽 여행에서 소매치기를 당했다는 이야기는 많이 들

었지만, 튀르키예에서 소매치기를 당했다는 이야기는 거의 듣지 못했다. 다른 지역은 몰라도 이스탄불은 워낙 다양한 사람이 사는 곳이니까 그래도 조심하는 게 좋다, 정도였다. 그런데 우리가 불운의 주인공이 될 줄이야. 짝꿍은 애써 웃으며 말했다. "그래도 다행이다. 주머니에 핸드폰이나 카드가 있었으면 큰일 날 뻔했네."

이미 벌어진 일, 어제 가득 충전한 카르트가 아깝긴 했지만, 최대한 긍정적으로 생각하기로 했다. 우린 카르트를 다시 발급받아 아울렛으로 가는 지하철을 탔다. 가는 길은 생각보다 멀었다. 아울렛은 지하철역에서 20분 정도 걸어야 하는 곳에 있었다. 게다가 정수리가 따가울 만큼 해는 뜨거웠다. 그래도 불평하지 않았다. 옵티멈 아울렛은 그만한 가치가 있다고 생각했기 때문이다.

이곳은 좋은 브랜드의 옷을 말도 안 되는 가격으로 구매할 수 있는 곳으로, 한국인들에게도 유명했다. 최근 튀르키예의 화폐 가치가 폭락하면서 쇼핑을 위해 튀르키예를 찾는 관광객이 생길 정도였다고 한다. 쇼핑에 별 관심 없는 나도, 오늘만큼은 제대로 쇼핑해야겠다는 생각이었다.

출국 전 짐을 쌀 때 옷을 거의 챙기지 않은 이유도, 이곳에서 필요한 옷을 다 사려고 작정했기 때문이다.

아울렛에 도착해서 가장 먼저 들른 곳은 나이키였다. 그간 고생한 발을 위해 선물을 하나 해줄 생각이었다. 한국에서 살까 말까 고민했던 신발이 보이길래 잔뜩 기대하고 가격부터 확인했다. 2,500리라, 생각보다 높아 보이는 가격이었다. 느려터진 데이터로 겨우 환율을 계산했는데 의아했다. 전혀 싼 가격이 아니었기 때문이다. 오히려 국내보다 더 비싸게 팔리고 있었다. 특별히 이 신발만 예외겠지, 라는 생각으로 다른 신발도 국내 가격과 비교해 봤다. 역시 마찬가지였다. 국내와 비슷하거나, 국내보다 비싸게 팔리고 있었다. 신발뿐만 아니라 옷도, 나이키뿐만 아니라 다른 브랜드도 마찬가지였다. 고생해서 이곳까지 온 보람이라곤 전혀 찾을 수 없는 가격이었다.

튀르키예의 화폐 가치가 폭락한 만큼 물가 또한 폭등했다는 사실을, 다리가 뻐근해질 정도로 돌아다닌 끝에야 깨달을 수 있었다. 쇼핑하기 위해 튀르키예로 간다느니, 튀르키예에 가면 명품을 싼값에 잔뜩 살 수 있다느니, 하는 소리는 몇 달 전 일이었나 보다. 결국, 텅 빈 손으로 아울렛을 나선 우리는, 실망감을 깨끗이 씻어내기 위해 본래의 목적지인 하맘으로 이동했다.

걷기엔 조금 먼 거리였지만, 우린 굳이 버스를 타지 않고 걷기로 했다. 언제 올지 모르는 버스를 기다리는 것보다, 사람이 북적거리는 버스에서 에너지를 뺏기는 것보다, 차라리 걷는 게 낫다고 생각했다. 날은 너무 더워서 등에 땀이 흥건했지만, 하맘으로 가는 길은 나름 즐거웠다. 같은 이스탄불이지만, 우리가 있었던 이스탄불의 시가지와는 분위기가 달랐다. 다 쓰러져가는 듯한 집들이 모여 마을을 형성하고 있었다. 몇 사람의 빨래인지 가늠하기 힘든 빨래 더미가 줄에 위태롭게 걸려 있었고, 도대체 굴러가기나 할까 싶은 차들이 골목에 아무렇게나 주차돼있었다. 동네에는 신발도 신지 않고 뛰노는 아이들이 보였다. 그 아이들은 카메라를 들고 있는 나를 신기하게 쳐다보더니, 해맑은 웃음과 함께 인사를 건넸다. 정말 오랜만에 보는 순수한 웃음이었다.

아마, 관광객들은 올 일이 없을 법한 동네를, 우리는 걷고 또 걸었다. "걸어서 세계 속으로는 우리가 찍어야 하는 거 아니야?" 내 우스갯소리에 짝꿍이 공감했다. 이제는 더 걷고 싶지 않다는 생각이 들 즈음, 하맘이 나타났다. 제대로 된 간판이 없어 입구 주변에서 맴돌고 있으니, 한 아저씨가 이곳이라며 손짓했다. 이제 우리가 할 일은 안으로 들어가서 시원하게 목욕도 하고, 간단한 마사지 서비스도 받고, 그동안 쌓였던 피로를 날려버리는 것이었다. 상상만으로도 즐거워진 나는 거침없이 하맘의 입구로 걸어 들어갔다. 그런데 그때, 우리에게 손짓하던 아저씨가 우릴 향해 알 수 없는 말을 떠들었다. 그의 말을 이해할 순 없었지만, 고개와 팔을 가로젓는 걸로 봐서 "당신들은 이곳에 들어갈 수 없어요."라고 말하는 것 같았다. 당황한 나는 영어로 왜 들어갈 수 없느냐 물었고, 영어를 모르는 그는 튀르키예어로 안 된다는 말을 계속 되풀이하는 것 같았다. 나는 핸드폰을 꺼내 번역기를 켜고 그에게 건넸다. 그가 다시 건넨 핸드폰엔 영어로 번역된 짧은 문장이 있었다. "Only man."

어젯밤 공들여 찾은 곳이 남성 전용 하맘이었던 것이다. 전혀 예상하지 못했던 전개였다. 설명 문구를 번역해서 꼼꼼히 읽지 않은 내 잘못일 수도 있지만, 누가 목욕탕 한 번 오려고 번역기까지 켜서 해석하는 수고를 한단 말인가. 그리고 분명 사진에는 남자와 함께 있는 여자의 사진이 있었단 말이다. 아빠와 함께 온 듯한 꼬마 여자아이 사진이긴 했지만.

고작 이곳에 오기 위해 소매치기를 당했단 말인가. 고작 이곳에 오기 위해 하루 내내 걸었단 말인가. 망연자실한 표정으로 짝꿍을 쳐다봤다. 더위 때문인지 당황해서인지 짝꿍의 얼굴은 벌겋게 달아올라 있었다. 마음을 다잡고 다시 선택해야 했다. 이대로 아무것도 하지 않고 집에 갈 것인가, 아니면 다른 하맘으로 이동할 것인가. 어떻게 하는 게 나을지 판단이 서지 않았다. 무더위에 한참을 걸은 탓에 둘 다 너무 지쳐 있었다. 이 상태로 다른 곳으로 이동하는 건 무리라고 생각했다. 하지만 이대로 집으로 가면 괜히 억울할 것만 같았다. 짝꿍에게 물었다. "어떻게 하는 게 좋을까?" 짝꿍은 오기 가득한 얼굴로 말했다.

"이대로 집에 가면 오늘 아무것도 한 게 없잖아." 맞는 말이었다. 이렇게 개고생만 하고 집에 갈 순 없었다. 구글 지도를 켜고 근처 하맘을 검색했다. 이스탄불 구시가지의 도심 한가운데 '카갈로글루 하맘Cagaloglu Hamam'이 있었다. 18세기에 지어진 역사 깊은, 관광객들에게 인기가 많은 곳이었다. 하지만 가장 기본적인 서비스 가격이 50유로라 애써 피했던 곳이었다. 하지만 뭐든 상관없었다. 어떻게든 하맘에 들러 물에 발이라도 담가야 덜 억울할 것 같았다. 나는 우버로 택시를 불렀고, 우릴 태운 택시 기사 아저씨는 총알 같은 속도로 달리기 시작했다.

튀르키예에 오기 전, 나보다 한 달 앞서 여행을 마친 동생이 내게 당부한 게 하나 있었다. 이스탄불에서는 웬만하면 택시를 타지 말라는 것이었다. 굳이 가지 않아도 되는 길로 돌아가는 건 기본이고, 굳이 유료도로를 타서 미터기에 나온 금액보다 훨씬 더 많은 돈을 요구하는 건 옵션이라고 했다. 괜히 기분 나쁜 경험 하기 싫으면 대중교통을 이용하라고 했다.

하지만 동생의 조언을 들을 상황이 아니었다. 버스를 타기 위해서는 왔던 길을 또다시 걸어가야 했기 때문이다. 이미 체력이 바닥난 우리는, 대중교통을 이용할 힘이 없었다. 돈은 얼마든지 줄 테니 제발 목적지에 도착하기만 해주세요, 라는 심정이었다.

우리의 마음을 알아차린 걸까. 택시 기사는 정말 무서운 속도로 달렸다. 브레이크 페달은 집에다 두고 오셨는지, 고속도로는 물론이고, 극악무도한 이스탄불 시내 골목에서도 거침없이 속도를 내며 총알처럼 달리셨다. 주차된 차와의 간격이 겨우 주먹 하나 들어갈 정도의 좁은 골목을, 블록에 타이어까지 갈아가며 운전했다. 골목에 떡 하니 정차한 경찰차 때문에 돌아가기도 하고, 양보 없는 운전자 때문에 한참을 후진해서 돌아가기도 했지만, 카레이서가 본업이 아닐까 의심되는 택시 기사 덕분에 생각보다 빨리 하맘에 도착했다. 미터기에 뜬 금액은 170리라, 그가 부른 금액은 200리라였다. 상이한 금액에 토를 달 수도 있었지만, 더 드렸으면 더 드렸지, 묘기에 가까운 질주를 펼쳐준 그와 고작 30리라 때문에 논쟁하고 싶지 않았다. 나는 택시비를 건네고 고맙다는 말과 함께 택시에서 내렸다.

입구 앞까지 나와 있는 직원의 안내에 따라, 카갈로글루 하맘 안으로 들어갔다. 나도 모르게 큰 한숨이 나왔다. 안도의 한숨이었다. 입구에는 지금까지 이곳을 다녀간 유명 인사들의 사진이 벽에 걸려 있었다. 누구나 알 법한 유명 할리우드 배우뿐만 아니라, 누구인지는 모르겠지만 유명하거나 지위가 높은 사람이겠구나, 싶은 튀르키예 사람들의 사진이 빼곡했다. 무려 1741년부터 지금까지 운영된 목욕탕이라니, 얼마나 많은 사람이 다녀갔을까.

신기해서 두리번거리는 내게 안내원이 말했다. "예약하셨나요?" 온종일 운이 좋지 않아서였을까. 괜히 느낌이 좋지 않았다. 나는 조마조마한 마음으로 "예약이 필요한가요?"라고 물었다. 직원은 "괜찮습니다. 다만, 남자분은 지금 들어가실 수 있고, 여자분은 한 시간 뒤에 들어가실 수 있어요."라고 답했다. 다행이었다. 오늘은 예약이 다 찼으니 예약을 하고 내일 다시 찾아주세요, 라고 말했더라면, 그 자리에서 드러누워 비명을 질렀을지도 모른다.

로비에서 차례를 기다리다 안내원의 안내에 따라 2층으로 올라가 옷을 갈아입었다. 입고 있던 옷을 벗고, 허리춤에 수건을 두르는 게 끝이었다. 이 상태로 나가도 되는 건가, 하는 생각에 쭈뼛쭈뼛 밖으로 나가니, 한 남자가 다가왔다. "내 이름은 싸흐멧이에요." 그는 자신의 이름을 말하고선 나를 하맘 안으로 안내했다.

가장 먼저 눈에 들어온 건, 홀 중앙이었다. 둥그런 대리석에 사람들이 누워있었고, 마사지사들은 자신이 담당한 사람들의 몸을 때밀이로 밀거나 손으로 주무르고 있었다. 원형 극장 무대 같은 대리석 위에 누운 사람들의 몸이, 마사지사들의 손동작에 맞춰 뒤뚱뒤뚱 움직이는 모습이 조금은 웃기기도 했다. 싸흐멧은 신기한 광경을 가만히 보고 있는 내게, 15분 동안 사우나에서 '릴랙스'하고 있으라고 했다.

사우나는 한국에서 경험하던 것과 조금 달랐다. 의자부터, 벽, 천장까지 모든 게 대리석이었다. 온도가 좀 약한 게 아닌가 싶었는데, 신기하게도 얼마 지나지 않아 땀이 줄줄 흘렀다. "으어어어…." 피로는 목구멍으로도 빠져나왔다. 사우나만으로도 지금까지 쌓인 피로와 노폐물이 다 빠져나가는 기분이었다.

"Juwon?" 15분이 벌써 지났는지, 싸흐멧은 내 이름을 부르더니 자신을 따라오라며 손짓했다. 그를 따라 하맘의 중앙 홀로 이동한 나는, 둥그런 대리석 바닥에 천장을 보고 똑바로 누웠다. 높은 천장에 난 창문 사이로 맑은 하늘이 보였고, 창 사이로 들어온 따뜻한 햇살은 하맘의 홀을 비추고 있었다. 그 모습이 너무 평화롭고 아름다워서 신성한 느낌마저 들었다.

이후엔 싸흐멧의 정성스러운 서비스가 시작됐다. 때밀

이로 시작해서 거품 마사지로 끝나는 코스였다. 때밀이는 익숙했지만, 거품 마사지는 처음이었다. 눈을 감고 무릉도원을 거닐고 있었던 탓에 거품을 어떻게 내는지 보지 못했지만, 어쨌든 만화 속에서나 볼 법한 풍성한 거품이 내 온몸을 뒤덮었다. 그리고 그는 거품을 이용해 내 뻐근한 몸을 열심히 마사지했다.

"하와유?How are you?" 그는 계속해서 내 컨디션을 체크했다. 너무 좋다는 말 외에 달리 할 말이 없었다. 나는 그가 물을 때마다 "퍼펙트."라고 답하며 고마움을 표했다. 마사지를 다 받은 나는 다시 리셉션이 있는 홀로 나와 터키쉬 티와 물로 수분을 보충하고, 나보다 한 시간 늦게 들어간 짝꿍이 나올 때까지 옷을 갈아입었던 방에 누워 휴식을 취했다.

'과연 50유로의 가치가 있을까?' 사실 하맘에 오기 전에는 효율성을 따지기에 바빴다. 옷을 살 때도, 밥을 먹을 때도, 숙소를 구할 때도, 항상 가격 대비 상품이 주는 가치를 따지는 게 습관이 된 나로선, 목욕 따위에 7만 원 가까이 되는 돈을 쓰는 건 낭비라고 생각했다. 하지만 300 년의 역사가 담긴 하맘에서, 튀르키예 전통 목욕 서비스를 받고 나니 생각이 달라졌다. 가격으로 환산할 수 없는 경험을 효율성 때문에 포기하는 건 정말 어리석은 일 아닐까. 값으로 매길 수 없는 경험을 값 때문에 포기해버리는 것, 이거야말로 정말 비효율적인 일 아닐까.

몸에 수건을 두른 채 침대에 누워 휴식을 취하고 있으니 다시 태어난 기분이었다. 나를 괴롭히던 발도 거의 다 나았고, 조금 남아 있던 몸살 기운도 싹 가셨고, 이제는 온전한 상태로 여행할 수 있겠다는 생각에 마음이 가벼워졌다.

한 시간 후에 나온 짝꿍의 얼굴을 봤다. 오래 걷고 헤매느라 초췌했던 얼굴은 다시 생기를 띠고 있었다. 기분을 묻기도 전에 알 수 있었다. 짝꿍도 무릉도원에 다녀왔다는 것을. 운수 나쁜 날인 줄로만 알았는데, 참 운수 좋은 하루였다.

SAFRANBOLU
돌아가야만 만날 수 있는 것

　이스탄불에서의 일정은 일주일이었다. 그동안 갈라타 탑에서 이스탄불의 전경도 감상하고, 낚시를 생업으로 하는 낚시꾼들이 모여 있는 갈라타 다리를 건너 고등어 케밥도 먹고, 고작 4천 원에 보스포러스 해협을 횡단하는 유람선도 타고, 눈이 휘둥그레질 정도로 화려함의 극치를 보여준 돌마바흐체 궁전도 가고, 아름다움과 정교함으로만 본다면 단연 으뜸이었던 쉴레이마니예 모스크도 갔다.

　튀르키예에 가보지 않은 사람들에게도 유명한 카이막도 먹고, 이스탄불에서 가장 유명한 디저트 가게, 카라쾨이 귤류올루에서 다디단 바클라바도 물릴 정도로 먹었다. 일주일 동안 참 많이도 돌아다녔다. 이스탄불은 집에 가만히 앉아서 쉴 수 없게 만드는 매력을 가지고 있었다. 볼 것도, 먹을 것도 너무 많았다. 마치 백화점 같은 곳이랄까. 없는 게 없는 곳이었다.

이스탄불에서 일주일을 보내는 동안, 나를 그토록 힘들게 했던 물집도 다 아물었고, 오락가락하던 컨디션도 제자리를 찾았다. 잠을 방해하던 아잔도 익숙해졌다. 너무 곤히 자서 오늘 새벽엔 아잔이 울리지 않았던 게 아닐까, 의심할 정도였다.

여행의 매력은 '낯섦'에 끊임없이 자신을 노출하며, 일상을 바라보는 시선을 새로이 하는 것에 있다. 낯설었던 이스탄불이 익숙해지고, 특별했던 하루가 일상처럼 느껴졌다. 이스탄불을 떠나 새로운 튀르키예를 만나러 갈 시간이었다.

지중해 최고의 휴양지라고 하는 안탈리아Antalya가 있는 동남쪽으로 먼저 갈까, 열기구와 기암괴석으로 유명한 카파도키아Cappadocia가 있는 동쪽으로 먼저 갈까 고민하다 카파도키아에 먼저 가서 시계 방향으로 돌기로 했다. 가장 기대했던 곳은 에메랄드빛 바다가 넘실대는 안탈리아였지만, 뒤로 미루기로 했다. 지금보다 날씨가 더 뜨거워지기를 바라는 마음도 있었고, 하이라이트는 후반부에 꺼내고 싶은 마음도 있었기 때문이다.

이스탄불에서 카파도키아까지의 거리는 750km, 걸리는 시간은 약 8시간이었다. 이 정도의 장거리 운전은 둘 모두에게 해롭다는 사실을 저번 여행에서 깊이 깨달았기 때문에 이번엔 경유지를 추가했다. 그곳은 오스만 제국의 전통이 살아 숨 쉬는 마을, 사프란볼루Safranbolu였다.

나는 자동차로 여행하는 걸 선호한다. 물론 대중교통으로 이동하는 여행의 장점도 있다. 렌트비를 아낄 수 있고, 운전에 대한 부담이 없다는 것이다. 하지만 단점 또한 명확하다. 대중교통이 움직이는 시간에 내 일정을 맞춰 움직여야 하고, 대중교통이 닿지 않는 곳은 어쩔 수 없이 목적지에서 배제하게 된다는 것이다.

렌터카를 이용하면, 장단점이 정확히 반대다. 돈이 많이 깨지긴 하지만, 내가 가고 싶은 곳을 내가 가고 싶을 때 갈 수 있다. 가다가 멈추고 싶으면 멈출 수 있고, 갑자기 마음이 바뀌어서 다른 곳에 가고 싶을 땐 언제든지 다른 곳으로 갈 수 있다. 운이 없으면 사고가 날 수도 있고, 운전하면서 얻는 피로감이 꽤 버겁기도 하지만, 선택의 폭이 넓어진다는 것 하나만으로도 여행의 질이 달라진다. 이번 여행도 이스탄불에서 머무는 기간을 제외하고는, 모두 차로 이동하기로 했다.

이스탄불 시내는 차로 운전하는 게 무서울 정도로 도로 상황이 열악했지만, 고속도로는 놀라울 정도로 깔끔했다. 한국과 비교해도 손색이 없었다. 게다가 차가 거의 없어서 운전하기도 정말 편했다. 도로 옆엔 초원이 펼쳐져 있었고, 양과 염소 떼가 초원 위에서 풀을 뜯어 먹고 있었다. 초원 너머로는 푸른 산이 하늘에 걸려 있었고, 하늘엔 초원 위에서 풀을 뜯던 양 떼가 수를 놓고 있었다. 여유로운 풍경을 감상하며, 운전할 때 들으려고 미리 저장해둔 음악을 감상하다 보니, 어느새 사프란볼루에 도착했다.

유네스코에 지정된 마을에 걸맞게 사프란볼루의 입구엔 'UNESCO'라고 적혀진 커다란 간판이 걸려 있었다. 그리고 그 간판을 기점으로, 새로운 세상이 펼쳐졌다. 깔끔하게 포장된 도로는 제대로 걷기도 힘들 정도의 울퉁불퉁한 돌길로 바뀌었고, 유럽 양식을 갖췄던 이스탄불의 건축물과 달리 흙과 목조로 된 낡은 가옥들이 옹기종기 모여 있었다. 사프란볼루는 한국의 안동 하회마을과 비교되곤 하는데, 마을에 도착하니 그 이유를 알 수 있었다. 우리와 문화는 다르지만, 옛것을 버리지 않고 그대로 보존하고 있다는 점에서 많은 게 닮아 있었다.

숙소는 아담했다. 과거에 친구가 살던 신림동 고시촌에서 잠깐 지냈던 적이 있는데, 딱 그 집을 연상케 하는 크기였다. 두 명이 겨우 누울 수 있는 침대, 별로 쓸 일이 없을 것 같은 작은 나무 소파, 낡은 옷장, 문을 열면 하수구 냄새가 올라오는 작은 화장실이 전부였다. 캐리어를 펴기도 힘든 아주 작은 공간이었다.

사진으로 보던 것과 조금 다른 공간에 살짝 당황했지만, 삐걱거리는 창문을 열고 나니 생각이 달라졌다. 푸릇푸릇한 나무 사이로 사프란볼루의 마을이 보였다. 어디에선가 시냇물 흐르는 소리가 들렸고, 나무에서 지저귀는 새 소리가 들렸다. 바로 옆은 정말 오래된 폐가였는데, 그 모습마저도 하나의 아름다운 풍경처럼 보였다. 들어올 땐 정신이 없어서 몰랐는데, 나와서 보니 숙소가 낡은 이유를 알 수 있었다. 우리 숙소 또한 오스만 제국의 건축 양식을 그대로 보존한, 아주 오래된 숙소였기 때문이다.

숙소엔 불편한 점이 많았다. 한여름인데 에어컨도 없고, 수압은 시원치 않았다. 방문을 잠그는 열쇠는 박물관에서나 볼 법한 기다란 열쇠였는데, 안에서 문을 잠글 때도 열쇠로 잠가야만 했다. 옆 방에서 기침하는 소리가 들릴 정도로 방음도 취약했다. 불편하다고 생각하면 한없이 불편한 곳이었다. 하지만 불편함을 바라보는 시선을 조금만 틀면, 불편함은 곧 특별함으로 바뀐다는 것. 몇 번의 여행을 통해 깨달은 중요한 교훈이었다.

사프란볼루가 어떤 곳일지 궁금해진 나는, 재빨리 짐을 풀고 점심을 먹기 위해 방을 나섰다. 그런데 옆 방에서 "메르하바Merhaba"라며 한 아주머니가 인사를 건넸다. 그녀는 내 티셔츠를 쏙 훑어보더니, 고개를 가로저으며 나를 어딘가로 안내했다. 아주머니가 안내한 곳은 숙소 리셉션 옆에 조그맣게 자리 잡은 옷 가게였다. 그곳엔 시원한 리넨 소재로 된 셔츠가 여러 장 걸려 있었다. 아주머니는 갑자기 내 티셔츠를 만져보더니 또 한 번 고개를 가로저었다. 그리고 손가락으로 리넨 셔츠를 가리켰다. 언어가 통하지 않아도 아주머니가 하는 말이 귓가에 들리는 듯했다. "티셔츠가 두꺼워서 너무 덥겠어. 여기 있는 리넨 티셔츠는 얇고 부드러워. 이거 하나 입으면 올여름 끝이야."

알고 보니 아주머니는 숙소에 머무는 게스트가 아니라, 숙소를 운영하는 호스트의 어머니였다. 그리고 리넨 셔츠를 만든 사람 또한 아주머니의 둘째 아들이었다. 얼떨결에 따라오긴 했지만, 시원한 셔츠가 필요했던 나는 아주머니가 추천하는 셔츠를 입어 보기로 했다. 막상 입어 보니 마음에 쏙 들었다. 천연 리넨 소재로 만들어져 통풍도 잘 되고 가벼웠다. 가격은 200리라, 한화로 고작 15,000원이었다. 나는 기꺼이 돈을 내고, 셔츠를 입은 채로 그대로 집을 나섰다.

좋은 옷을 싼값에 구해서 기분이 좋아진 나는, 숙소에서 미리 검색해둔 식당으로 걸어갔다. 그런데 아주머니가 천천히 뒤따라오더니, 우리 옆에서 같이 걷기 시작했다. 그녀는 본인이 식당을 운영하고 있다며, 혹시 밥을 먹을 생각이면 굳이 돌아가지 말라고 했다. 가려던 곳이 있어 나중에 들르겠다고 에둘러 말했지만, 어쩌다 보니 아주머니가 걷는 길과 동선이 완벽하게 겹쳐 조금은 어색한 동행이 돼버렸다. 그녀는 자신의 식당에 도착하자 메뉴판을 들고나와 자연스럽게 메뉴를 설명하기 시작했다. 메뉴 설명을 듣던 우리는 얼떨결에 테이블에 앉게 됐고, 어쩌다 보니 메뉴를 시키고 있었다. 강요나 억지는 없었다. 물 흐르듯 자연스러웠다. 부담스럽지 않은 아주머니의 영업 솜씨에 넘어가 버린 것이다.

사프란볼루 마을의 아늑한 거리를 구경하고 있으니, 곧 우리가 주문한 음식들이 나왔다. 도네르 케밥, 우유를 오래 발효시킨 아이란, 그리고 오직 사프란볼루에서만 맛볼 수 있는 사프란 꽃이 섞인 쌀 푸딩까지, 뭐 하나 흠잡을 데 없는 맛있는 음식이었다. 자기 식당의 음식이 맛있다던 아주머니의 말씀이 허풍은 아니었다. 완벽한 저녁 식사를 마친 우리는 급히 자리를 떴다. 마을 전체를 내려다볼 수 있는 흐드를륵Hidirlik 언덕에서 노을을 감상하기 위해서였다.

언덕으로 가는 길이 평탄하지는 않았다. 어렸을 적 뛰놀던 시골의 골목길 같은 오르막길이 계속해서 이어졌다.

마치 한 세기를 되돌린 것만 같은 풍경이었다. 한참을 걸어 도착한 언덕, 그곳에서 내려다본 사프란볼루의 모습은 환상적이었다. 구름 때문에 노을은 선명하지 않았지만, 굳이 노을이 필요하지 않았다. 마을 자체가 완벽한 그림이었기 때문이다. 아주 오래된 시골에서나 볼 수 있을 법한, 아니, 요즘엔 시골에서도 보기 힘든 가옥들이 빼곡히 자리 잡고 있었다. 마을에 가장 높은 건물이라곤 작은 사원이 전부였기에, 시야를 가리는 일 없이 모든 게 선명했다. 하늘에는 나무로 된 처마 밑에 둥지를 튼 제비들이 떼를 지어 날아다니고 있었다. 흔들거리는 유치를 실로 뽑아 처마 밑에 둥지를 튼 제비에게 던져주던 어린 날의 내 모습이 떠올랐다. 사프란 볼루는 아주 깊이 잠들어 있던 옛 추억도 되살리는 곳이었다.

구름 사이로 새어 나오는 노을, 그 노을을 받아 반짝거리는 사프란볼루의 전통 가옥들, 쩍쩍거리며 어지럽게 날아다니는 제비들. 우리는 아무도 없는 흐드를륵 언덕의 의자에 앉아 사프란볼루를 오래도록 감상했다.

낯섦을 통해 일상을 새로이 보게 되는 것 외에도 여행의 매력이 하나 더 있다. 여행에선 직선으로 가지 않고 돌아가도 된다는 것, 효율성을 따지지 않고 낭비해도 된다는 것, 그래도 나무랄 사람이 없다는 것이다. 오히려 그렇게 여행할 때, 멋진 장면을 더 많이 만날 수 있다는 것이다.

사실 사프란볼루를 그냥 지나칠까도 했다. 곧장 카파도키아로 가면, 시간을 아낄 수 있다는 이유 때문이었다. 하지만 어떤 마음에서였는지, 사프란볼루에서 이틀을 머물기로 했다. 시간을 아낀다는 이유로, 굳이 돌아갈 필요가 없다는 이유로 사프란볼루를 지나쳤더라면, 내 마음속에 선명히 남아 있는 노을빛 사프란볼루의 모습은 없었을 것이다. 이스탄불 보다 열 배는 더 좋은데, 라고 입버릇처럼 말하게 되던 사프란볼루를, 아마 평생 만나지 못했을 것이다.

CAPPADOCIA

달에 착륙하다

사프란볼루에서 카파도키아까지는 550km, 쉬지 않고 달리면 5시간 30분 만에 갈 수 있는 거리다. 하지만 우리는 카파도키아로 곧장 가지 않고, 튀르키예의 수도 앙카라에서 한 번 더 멈추기로 했다.

앙카라엔 튀르키예의 초대 대통령, 무스타파 케말 아타튀르크의 영묘, 아느트카비르Anıtkabir가 있다. 굳이 남의 나라 대통령 묘에 갈 필요가 있을까, 잠시 고민하긴 했지만, 앙카라에는 이곳 외엔 마땅한 관광지가 없었다. 장시간 운전을 피하고자 잠깐 들른 곳이라고 해도, 숙소에서 마냥 시간을 죽이고 싶진 않았다.

하지만 고민이 무색해질 정도로 아느트카비르의 모습은

상상을 초월했다. 웅장함과 화려함에 입을 다물 수가 없었다. 축구 경기장 크기의 3배는 거뜬히 돼 보이는 넓은 광장의 끝에, 신전이라고 해도 이상하지 않을 정도로 거대한 영묘가 압도적인 위엄을 뿜내고 있었다. 광장을 가로질러 높은 계단을 올라 영묘 안으로 들어가자 더 놀라운 풍경이 펼쳐졌다. 하늘을 찌를 듯이 높은 천장엔 금으로 수놓은 화려한 문양이 뒤덮고 있었고, 아타튀르크의 무덤은 세계에서 가장 중요한 보물인 것처럼 놓여있었다.

이제 막 졸업식을 마친 듯한 학생들이 졸업 가운을 입고 기념사진을 찍고 있었고, 견학을 온 아이들이 선생님의 말씀에 귀를 기울이고 있었다. 튀르키예 국민은 아타튀르크를 신적인 존재로 생각한다고 하는 말이 사실이었다. 그렇지 않고서야, 아무리 초대 대통령이라 하더라도 죽은 이를 이렇게까지 모실 수는 없는 일이었다. 이렇게까지 기리는 게 맞나 싶기도 했고, 한편으론 존경받는 초대 대통령을 가진 나라의 국민이 느낄 자부심이 부럽기도 했다.

앙카라에서 카파도키아까지의 거리는 350km, 세 시간이면 충분한 거리였다. 사프란볼루에서 곧장 왔다면 느끼지 못했을 여유였다. 우린 한 번 더 멈추기로 했다. 카파도키아로 가는 길에 투즈 호수Lake Tuz가 있었기 때문이다.

투즈 호수는 분홍색의 굵은 소금이 가득한, 소금 호수였다. 차를 타고 가면서 보니, 분홍색 소금 때문에 광활한 호수가 온통 분홍빛으로 물들어있었다. 주차장에 도착한 우리는, 양말을 벗고 슬리퍼로 갈아 신었다. 그리고 한 시간 동안 그림 같은 호수를 거닐었다. 다른 관광객들은 신발이 젖을까 봐 두려워서인지, 호수 안으로 들어가지 않고 그 주변만 맴돌고 있었다. 여기까지 왔는데 호수에 들어가지 않는 건 어리석은 일이라고 생각했다. 나는 신고 있던 슬리퍼를 벗었다. 소금 호수를 맨발로 온전히 느끼고 싶었기 때문이다.

"악." 맨발로 소금 호수를 밟자마자 비명을 질렀다. 바닥에 깔린 소금은 생각보다 굵고 날카로웠다. 살을 에는 듯한 고통에 얼른 슬리퍼를 신고, 소금 호수를 천천히 거닐었다. 발목이 잠길 정도의 얕은 호수가 길게 펼쳐져 있었다. 걸어도 걸어도 끝이 없었다. 이대로 계속 전진하면 호수의 맞은편 끝에 다다를 수 있을 것만 같았다.

물이 발목을 넘어 종아리까지 차올랐을 때, 시간이 꽤 흐른 것 같아 시계를 확인했다. 겨우 오전 10시였다. 다리가 온통 소금으로 뒤덮일 정도로 호수를 걸어 다녔는데도 고작 10시라니. 정말로 여유로운 하루였다.

투즈 호수에서 카파도키아까지의 거리는 150km, 넉넉 잡아 두 시간이면 충분한 거리였다. 이제 두 시간 정도는 눈을 감고도 이동할 수 있는 거리였다. 맑은 아침의 여유를 만끽하며, 나는 다시 차를 몰아 카파도키아의 괴레메 Göreme로 향했다.

카파도키아는 마을 전체를 관광지라고 해도 무방할 정도로, 독특한 분위기를 뿜내는 마을이다. 사진을 찍어 누군가에게 보여주면서 "이곳은 우주 행성이야."라고 해도 믿을 것이다. 수백만 년 전 에르지예스Erciyes 산의 화산 폭발 이후, 화산재와 용암, 모래와 비가 뒤섞여 만들어진 기암괴석이 가득한 마을이다. 한 마디로 자연이 만든 우주 행성과 같은 마을이다. 스티븐 스필버그 감독이 영화 〈스타워즈〉를 제작할 때 영감을 받은 곳, 만화 스머프의 배경이 되었던 곳, 자연의 위대함을 느낄 수 있는 곳이 바로 카파도키아다.

그리고 이곳에서 절대 빼놓을 수 없는 것이 하나 있다. 바로 열기구다. 우주 행성 같은 카파도키아의 전경을 감상하며 타는 열기구는 이 마을의 대표 관광 코스다. 남들이 한다고 해서 따라 할 필요 없는 게 있고, 남들 다 하는 거 꼭 한 번 해봐야 하는 게 있다고 생각한다. 카파도키아의 열기구 탑승은 내게 후자에 속했다.

열기구를 타는 건 내 어릴 적 꿈이었다. 언제, 어디서 타는지, 타기 위해서는 돈이 얼마나 필요한지 알 방법이 없었던 어릴 적의 나는, 막연히 이렇게 생각했다. '죽기 전에는 꼭 한 번 타봐야지.' 며칠 뒤면 그 소원을 이루게 된다는 사실이 믿기지 않았다.

투즈 호수에서 카파도키아로 향하는 내내 기대감이 가득했다. 기대감으로 부푼 마음은 시간이 흐르는 속도를 부추겼다. 눈 깜짝할 새에 두 시간이 흘렀다. 그런데 내가 기대하던 풍경은 나타나지 않고, 지금까지 지나왔던 도로와 같은 풍경만 이어질 뿐이었다. "뭐야, 별거 없잖아." 실망한 나는 섣부른 말을 내뱉었다. 혹시나 내가 놓치는 장면이 있진 않을까, 목을 쭉 빼고 운전하던 나는, 긴 곡선 코스를 돌자마자 차를 멈춰 세울 수밖에 없었다. 우치사르Uçhisar라는 간판이 보였고, 간판 옆에는 낙타들이 있었고, 낙타 뒤로는 만화 스머프에서 봤던 버섯 모양의 괴석이 줄줄이 서 있었다. 사진에서만 보던, 상상으로만 그리던 괴상한 카파도키아 마을에 진입한 것이다.

마음 같아서는 곧바로 기암괴석 사이로 난 트레일 코스를 걸어보고 싶었지만, 일단 숙소로 향했다. 숙소는 하루에 3만 원이라고는 믿을 수 없을 정도로 훌륭했다. 숙소에 짐을 풀고 침대에 잠깐 누웠다. 먼 길을 달려오느라 몸은 피곤했지만, 정신은 그 어느 때보다 맑았다. 오면서 봤던 풍경이 눈에 아른거려 가만히 누워있을 수가 없었다. 달에 착륙해서 가장 먼저 하는 일이 침대에 누워 잠을 자는 거라면, 그건 말이 안 되는 일이다. 카파도키아는 달, 나는 방금 달에 착륙한 사람이었다. 곧장 핸드폰을 켜고 근처에 갈 만한 관광 명소를 찾았다. 가장 먼저 눈에 띄는 곳은 괴레메 히스토리칼 국립공원Göreme Historical National Park이었다. 이름도 제대로 보지 않고 목적지를 이곳으로 정했다. 어디든 좋을 텐데 아무렴 어때, 라는 생각이었다. 목적지를 정한 우리는 침대에서 벌떡 일어나 국립공원으로 향했다. 날씨도 좋고, 자연경관은 끝내줬다. 더할 나위 없는 하루였다. 나는 여유롭고 평화로운 날의 반복에 무언가를 깜빡하고 있었다. 여행이 쉬운 것만은 아니라는 사실이었다.

CAPPADOCIA

잘못된 선택이 낳은 결과

'이거, 도대체 어떻게 내려가야 하는 거지.' 몇 번을 미끄러지며 가파른 길을 겨우 올라왔는데 더는 길이 없다는 사실을 깨달았다. 비 오듯 흘러내리는 땀을 손으로 닦아내고 우리가 올라온 길을 내려다봤다. 스키장이나 다름없는 가파른 길이었다. 이 길을 다시 내려가야 한다니. 머리가 아득했다. 이런 어처구니없는 상황을 만든 건, 단 한번의 잘못된 선택 때문이었다.

무엇이 우릴 기다리고 있는지 전혀 몰랐던 우리는, 한껏 들뜬 마음으로 국립공원으로 향했다. 모래 먼지가 휘날리는 괴레메의 도로를 달리는데 태어나서 처음 보는 기괴한 산이 유리창 너머로 펼쳐졌다. 그런데 내비게이션이 알려주는 길을 따라 운전할수록 산은 점점 가까워졌다. 우리가 찾던 국립공원의 입구에 도착하고 나서야, 유리창 너머로 보이던 기괴한 산이 괴레메 히스토리칼 국립공원이라는 사실을 깨달았다.

차 한 대의 입장료는 고작 30리라, 한화로 2천 원이었다. 터무니없이 싼 값이었다. 길 주변으로 펼쳐지는 어마어마한 풍경에 고개를 두리번거리며 주차장으로 향했다. 주차장에서 바라본 풍경도 끝내줬다. 차에서 내려 말문이 막히는 풍경을 넋 놓고 감상했다. 아직 시작도 안 했는데, 벌써 끝을 본 기분이었다. 땡볕이 내리쬐는 평일 오후라 그런지 사람도 거의 없었다. 우리 앞으로 서너 명의 관광객이 걷고 있을 뿐이었다. 입구에서 이미 끝을 경험했는데, 산의 정상엔 도대체 어떤 게 기다리고 있을까. 기대하지 않을 수 없었다.

입구에서 고작 200m 정도 갔을까. 이곳이 산의 정상이라고 해도 될 정도로 멋있는 뷰가 눈앞에 펼쳐졌다. 마치 사람이 조각한 듯 정교하면서도 기괴한 바위가 나름의 규칙을 지키며 서 있었고, 아무것도 살 수 없을 것만 같은 사막 같은 땅에 푸른 풀과 꽃이 피어 있었다. 굉음과 함께 알 수 없는 비행 물체가 모래 먼지를 날리며 착륙할 것만 같은, 그런 신비로운 분위기였다. 신기하게도 고작 몇 발짝을 옮겼는데, 전과 다른 뷰가 펼쳐졌다. 우린 난생처음 보는 자연에 발을 떼지 못하고 입구 근처에서 한참을 서성였다.

기가 막힌 풍경에 걷다 멈추기를 반복하며 앞으로 나아가다 보니, 두 갈래 길이 나왔다. 오른쪽은 완만한 길, 왼쪽은 가파른 길이었다. 어느 방향이 제대로 된 길인지 알 수가 없었다. 안내 표지판이 없어 대충 짐작할 뿐이었다. 나는 잠시 멈춰 서서 어느 길을 택할지 고민했다. 보통의 길이 그렇듯 완만한 길로 걸으면 한참을 돌아가야만 할 것 같았다. 반면, 가파른 길의 끝엔 커다란 튀르키예 국기가 펄럭이고 있었다. 이 길로 오면 죽이는 뷰가 펼쳐질 거야, 라고 말하고 있는 것 같았다. 바로 앞에서 길을 올려다보니 경사가 그렇게 가파르지도 않았다. 아니, 그래 보였다. 조금만 고생하면, 금방 정상에 도달할 수 있을 것만 같았다. 아무런 근거 없는 어설픈 직감이었다. 나는 짝꿍에게 의사를 물었다. "둘 중에 어느 길로 갈까?" 짝꿍은 왼쪽을 가리키며 말했다. "이쪽으로 가자." 내 마음과 같은 길이었다.

의견이 일치했던 우리는 아무 생각 없이 가파른 길에 발을 내디뎠다. 경사도 높지만, 깊은 모래와 가는 자갈이 깔린 길이라 걷기가 쉽지 않았다. 걸을 때마다 발이 모래 안

으로 빠졌고, 자갈을 잘못 밟아 미끄러지기 일쑤였다. 이런 곳에 어떻게 뿌리를 내렸는지 모를 식물의 줄기엔 가시가 무성했다. 미끄러지지 않기 위해서 식물이 뿌리를 내린 곳을 따라 걷다가 가시에 다리를 긁혔다. 그래도 그렇게 먼 거리는 아니었다. 도전할 만한 길이었다. 왜, 굳이 이곳에서, 무엇을 위해 도전하고자 했는지는 잘 모르겠지만….

올라가면 올라갈수록 길은 험난해졌다. 발이 미끄러지는 횟수가 잦아졌고, 데굴데굴 굴러서 원점으로 돌아가지 않기 위해 두 손을 바닥에 짚으며 나아가야 했다. 길의 중간쯤에서 고개를 돌려 걸어온 길을 힐끔 쳐다봤다. 아래에서 봤을 때보다 경사는 더 급했다. '이거 사람이 가는 길이 아닌 것 같은데….' 문득, 우리가 지금 걷는 이 길이 제대로 된 길이 아닐 수도 있겠다는 생각이 들었다. 어쩌다 굴러떨어진 큰 돌이 만들어낸 길, 아니, 그저 하나의 선이 아닐까 싶었다. 나는 다시 선택해야 했다. 지금이라도 내려가든지, 아니면 끝까지 올라가든지.

지금까지 올라온 게 아까워서라도 한 번 끝까지 가보기

로 했다. 저 위에 다다르면, 아직은 잘 보이지 않는 바위 뒤편으로 완만한 길이 있을 거라 믿었다. 지금까지 오른 거리만큼만 더 오르면 됐다. 내가 이런 생각을 하는 동안, 짝꿍은 미끄러지기를 반복하며 묵묵히 올라가고 있었다. 나도 생각을 멈추고 다시 오르기 시작했다.

길의 끝에 가까워지자 난이도는 더 어려워졌다. 모래가 뒤덮여 엉망이 된 신발은 미끄러지기를 반복했고, 옷은 모래 먼지와 땀으로 범벅이었다. 목적지에 빨리 다다르고자 하는 욕심이 낳은 고난이었다. 하지만 이미 벌어진 일이었다. 계속 갈 수밖에 없었다. 자꾸 미끄러지는 짝꿍보다 한 발짝 앞에서 짝꿍의 손을 잡아끌면서 올라갔다. 미끄러운 모래 사이로 뿌리를 깊게 내린, 민들레인지 뭔지 모를 식물을 밟으며 한참을 올라갔다. 드디어 길 끝에 다다른 나는, 살았다는 생각에 안도의 한숨을 내쉬었다. 우리의 꼴을 보니 말도 아니었다. 둘이 모랫바닥에서 씨름이라도 한 듯한 험한 꼴이었다.

조금 숨을 돌린 나는 길을 확인하기 위해 오른쪽 귀퉁이를 돌았다. 그런데 뭔가 이상했다. 바위 뒤편의 길은 더 험난했다. 아니, 그건 길이 아니었다. 완벽한 등산 장비를 갖춘 전문 산악인 또는 산짐승이나 다닐 법한 곳이었다. 우리는 전문 산악인도, 산짐승도 아니었다. 그저 좋은 풍경 한 번 보겠다고 숙소 침대에서 자리를 박차고 나온 평범한 관광객일 뿐이었다.

고개를 돌려 당황한 표정으로 짝꿍을 쳐다봤다. 혼자였다면 무식한 선택을 강행한 내 머리를 한 대 쥐어박고, 미

끄러지고 넘어지길 반복하면서 내려오면 될 일이었다. 하지만 난 혼자가 아니었다. 올라오면서 이미 체력의 절반은 소진했을 짝꿍과 함께였다. 나는 그림자가 드리워진 얼굴로 암담한 사실을 전했다. 망연자실한 표정으로 주저앉아도 이상하지 않을 상황이었지만, 짝꿍은 이렇게 말했다. "별수 없지, 내려가야지."

너무나 명쾌한 표현이었다. 두 갈래 길 중 하나를 선택했고 그 길이 잘못된 길이라는 걸 알았지만, 뭐 어떡하겠나. 후회해봐야 별수 없지. 그냥 왔던 길로 다시 돌아가야지. 그리고 다시 다른 길을 택해 나아가든, 숙소로 돌아가든, 또다시 선택해야지.

잘못된 길의 끝에서 한숨을 돌린 나는, 우리가 올라온 길을 내려다봤다. 아찔했다. 이 가파른 길을 어떻게 올라왔는지, 왜 무식하게 끝까지 올라왔는지 이해할 수 없었다. 앞뒤도 쳐다보지 않고, 혹여 미끄러질까 봐 발아래만 쳐다보며 걸었기에 가능한 일이었을 것이다. 어쨌든 별수 없는 일이었다. 어떻게든 내려가야만 했다. 나는 손에 쥐고 있던 삼각대를 카메라에서 분리해 짝꿍에게 건넸다.

삼각대는 꽤 훌륭한 지팡이로 변했다. 우리가 가진 유일한 등산 장비였다.

내려오는 길은 정말 쉽지 않았다. 미끄러지고, 긁히고, 또 미끄러지기를 반복했다. 왜 이런 길을 택했냐며 서로를 비난하다 이별해도 할 말 없는 길이었다. 하지만 다행히 그런 일은 일어나지 않았다. 우리는 오히려 웃고 있었다. 어처구니없는 이 상황을 즐기는 것 같기도 했다. 짝꿍은 그 와중에도 영상을 찍는 나를 보며 말했다. "겁은 많지만, 계획 없는 사람과 겁도 없고 계획도 없는 사람이 만나면 이런 상황이 벌어집니다."

겁도 없고 계획도 없는 내가 앞서 길을 먼저 탐색하고, 겁은 많지만, 계획은 없는 짝꿍이 내가 밟은 길을 따라 밟았다. 불쌍한 신발 안으로 모래가 가득 들어갔고, 옷은 털어봐야 의미도 없을 정도로 지저분해졌다. 미끄러지는 걸 한쪽 다리로 버텨내느라 무릎이 살짝 시큰해질 때쯤, 잘못된 선택을 했던 두 갈래 길로 다시 돌아왔다.

짝꿍은 카메라를 들고 있는 내게 인터뷰하듯 물었다. "이번 사태를 통해서 깨달은 점이 무엇인가요?" 나는 진

지한 표정을 하고선 이렇게 말했다. "인생엔 항상 여러 갈래 길이 나온다, 막상 까보기 전까진 이게 잘못된 선택인지 좋은 선택인지 알 수 없다, 막상 까봤는데 이게 잘못된 선택이면 다시 돌아오면 된다, 뭐, 그런 거?"

용감하게 올라갔다가 조심스레 내려온 길을 다시 올려다봤다. 거의 엉덩이로 쓸다시피 하며 내려온 우리 덕분에 애매했던 길이 더 선명해진 것 같았다. 우리 때문에 누군가는 저 길을 또 오르겠다며 박장대소했다.

분명 안전하고 편한 선택은 아니었다. 원래 보고 싶었던 뷰는 보지도 못하고, 고생만 죽도록 했던 바보 같은 선택이었다. 그런데 참 웃겼다. 우리가 고생하며 오르내렸던 길의 잔상이 계속해서 아른거렸다. 돌아오는 차 안에서도, 다음 날도, 카파도키아를 떠나는 마지막 날에도 오늘의 이야기를 계속해서 꺼냈다. 이야기를 꺼낼 때마다 웃음이 나왔다. 여행하면서 했던 가장 어리석은 선택이 가장 오래 가는 추억을 만든 것이다. 분명 바보 같은 선택이었다. 분명 힘든 길이었다. 하지만 바보 같은 선택이 만든 힘든 길이, 평생 입에 오르내릴 순간을 만든 것이다.

이번 사태를 통해서 깨달은 게 뭐냐고 묻던 짝꿍의 질문에 다시 답할 수 있다면 이 문장을 추가하고 싶다. "잘못된 선택이 만든 결과도 나중엔 결국, 오래 남을 추억이 된다는 거."

CAPPADOCIA

어릴 적 꿈

　숙소 관리자는 우리에게 카파도키아의 관광 명소를 알려주며 말했다. "4박 5일이요? 카파도키아를 제대로 둘러보려면 3주는 필요할 거예요." 처음엔 아저씨가 과장이 좀 심하다고 생각했지만, 카파도키아에서 지내는 동안 아저씨의 말이 지극히 객관적인 의견이었다는 사실을 깨달았다.

　카파도키아엔 갈 곳이 넘쳐났다. 젤베 야외 박물관Zelve Open Air Museum에는 로마 시대에 기독교 탄압을 피해 도망쳐 온 사람들의 주거지가 있었다. 그런데 그곳엔 내가 생각하는 집다운 집이 없었다. 기암괴석, 그러니까 기괴하게 생긴 큰 바위를 개조한 게 그들이 말한 주거지였다. 비와 바람은 어느 정도 막을 수 있을 정도였지만, 문도 없고, 울타리도 없는 이곳을 집이라고 하기엔 부족해 보였다. 장비도 시원찮았을 시대에 이 커다란 바위를 어떻게 깎아 만든 건지, 이런 곳에서 도대체 어떻게 주거지를 형성하고 서로를 지탱하며 살아왔는지, 나의 얕은 지식과 편협한 시선으로는 도무지 이해할 수 없었다. 놀라울 따름이었다.

그런데 더 놀랍고 이해할 수 없는 곳이 카파도키아에서 한 시간 떨어진 마을에 있었다. 바로 데린쿠유 지하 도시 Derinkuyu Underground City였다. 이곳 또한 기독교 박해를 피

해 만든 주거지였는데, 지하 층수가 무려 7층, 깊이가 85
미터였다. 직접 지하 도시를 걸어 다니며 그 시절을 상상
해보려 했지만, 아무리 머리를 굴려도 그림이 그려지지
않았다. 많은 사람이 모여 사는 지하에 산소가 부족하지
는 않았을지, 쓰레기나 오물은 어떻게 처리했을지, 무엇
보다도 햇빛이 전혀 들지 않는 곳에서 사람이 제대로 살
아가는 게 가능한 건지, 모든 게 의문투성이였다. 세계 7
대 불가사의에 넣어도 어색하지 않을, 정말 불가사의한
공간이었다. 당장 떠오른 곳이 이 두 곳일 뿐, 카파도키아
엔 이 외에도 정말 많은 관광지가 있었다.

카파도키아에는 다양한 관광 상품도 많았다. 낙타를 타고 일몰을 보는 체험, 말을 타고 기암괴석을 거니는 체험, 올드카를 타고 사진을 찍는 체험 등 선택하는 게 어려울 정도로 할 게 많았다. 그중에서도 모든 걸 압도하는 관광 상품은 물론 열기구 체험이었다.

열기구 탑승 가격은 때에 따라 다른데, 우리가 갔을 때는 성수기라서 가격이 만만치 않았다. 150유로, 한화로 20만 원이 넘는 금액이었다. 한국에선 편의점에서 물을 사 마실 때도 되도록 싼 금액의 물을 고르는 나지만, 이런 곳에는 돈을 아끼지 않기로 했다. 150유로가 아니라 300유로였어도 한 치의 고민 없이 열기구에 탔을 것이다. 어릴 적의 꿈을 위해 돈을 내는 데 아까울 게 뭐가 있겠는가.

열기구 탑승 전날, 내 기분은 한껏 들떠 있었다. 그런데 하필 바람이 불지 않던 카파도키아에 거센 바람이 불기 시작했다. 살짝 열어둔 창문 사이로 모래가 들어와 바닥에 쌓일 정도였다. 바람을 따라 움직이는 열기구의 특성상, 바람이 많이 불어 뜨지 못할 때도 종종 있다. 우리가 열기구를 타기로 한 바로 전날에도 바람이 많이 불어 열기구가 뜨지 못했다는 소식을 들었던 터라, 내일도 열기구가 뜨지 못하는 건 아닐까 불안했다. 괜한 걱정은 아니었다. 열기구를 타면 카파도키아에서 이스탄불까지도 거뜬히 날아갈 수 있을 정도로 거센 바람이었기 때문이다.

도대체 내일 탈 수나 있는 건지 걱정되긴 했지만, 운명은 하늘에 맡기고 우린 서둘러 잠들어야만 했다. 새벽 4시에 픽업 차량이 온다고 했기 때문이다. 이른 새벽에 나가서 기다리고 있는 우리에게 "오늘은 기상 상태가 좋지 않아 열기구를 탈 수 없습니다. 그러니 다시 들어가 주무시죠."라는 무책임한 말을 하지는 않을 거라 믿었다. 그냥 믿는 것 외엔 다른 방법이 없었다.

새벽 3시 반, 알람 소리에 놀라 화들짝 깬 우리는 세수도 하지 않은 상태로 모자를 쓰고 대기 장소로 나갔다. 다행히도 모든 걸 날려버릴 것만 같았던 바람은 잠잠해져 있었다. 내가 판단할 일은 아니지만, 열기구가 뜨는 데 지장이 없을 정도였다. 픽업 차량은 정확히 4시에 도착했다. 아직도 반수면 상태라 정신은 몽롱했지만, 설레는 마음 때문에 차에서 잠을 잘 수가 없었다.

마을을 벗어나 울퉁불퉁한 길을 거침없이 달리던 차는 어느 초원 한가운데 멈춰 섰다. 그곳에선 우리보다 앞서 온 직원들이 열기구를 띄우기 위해 열기구의 풍선 안으로 불을 쏘고 있었다. 열기구를 준비하는 건 우리 여행사뿐만이 아니었다. 수백 개의 여행사가 사람들의 꿈을 싣기 위해 준비 중이었다. 풍선 안으로 불을 쏠 때마다 알록달록한 열기구 풍선이 깜빡였다. 형형색색의 열기구가 반짝거리는 모습을 보고 있으니 동화 속에 들어온 것만 같은 기분이 들었다.

부풀어 오른 내 마음처럼 열기구의 풍선도 점점 부풀기 시작했다. 축 늘어져 있던 열기구의 풍선이 곧게 섰고, 파일럿의 안내에 따라 열기구에 탑승했다. 큰 장바구니처럼 생긴 열기구엔 우리를 포함한 8명의 인원이 탑승했다. 모든 사람이 탑승을 마치자 열기구가 뜨기 시작했다. 내가 하늘로 올라가고 있다는 사실을 깜빡할 정도로 아주 천천히.

우리와 함께 탑승한 파일럿이 가끔 방향을 바꾸기도 했지만, 오늘의 수석 파일럿은 바람이었다. 바람에 따라 열기구는 올라가기도 하고, 내려가기도 했다. 때론 왼쪽으로 돌기도 했고, 오른쪽으로 돌기도 했다. 방향이 바뀔 때마다 내 눈앞엔 말도 안 되는 풍경이 펼쳐졌다.

아래에 있을 땐 수백 개의 열기구가 수놓은 하늘 풍경에 입이 벌어졌고, 높이 떠올랐을 땐 카파도키아의 자연이 만들어내는 기가 막힌 풍경에 턱이 빠질 뻔했다. 그리고 다른 열기구들보다 높은 고도에 떠올랐을 땐 우리보다 아래에 있는 수많은 열기구와 자연이 어우러진 환상적인 풍경에 까무러칠 지경이었다. 정말 말로 표현하기 힘든 비현실적인 광경이었다. 내 두 눈으로 보고 있는 현실이었지만, 스크린을 통해 가상의 세계를 보고 있는 것만 같았다.

열기구의 하이라이트는 일출이었다. 구름에 가려져 있던 해가 강한 빛을 뿜으며 드러내는 모습은 정말 장관이었다. 하늘에서 보는 일출은 지상에서 보는 노을과 많이 닮아 있었다. 은은한 붉은빛이 온 하늘을 붉게 물들였고,

따스한 햇살이 열기구에 탄 내 마음을 더욱 따뜻하게 만들었다.

세상을 물들이는 붉은 햇빛, 믿을 수 없는 장관을 뿜내는 카파도키아의 자연, 그리고 그 하늘을 수놓은 수백 개의 열기구까지. 열기구에서 감상한 풍경은, 내가 지금까지 본 풍경 중 가장 아름답고 따뜻한 풍경이었다.

믿기 힘든 광경을 한 시간 넘게 구경시켜준 열기구는 서서히 지상으로 내려갔다. 하늘에 짙은 여운을 남기고 열기구에서 내려오니, 영화에서 볼 수 있을 법한 넓은 초원을 아침 햇살이 밝게 비추고 있었다.

파일럿은 샴페인 잔을 들고 외쳤다. "쉐레페şerefe" 우리말로 '건배'를 의미하는 말이었다. 우리도 그를 따라 "쉐레페"를 힘차게 외치며 무사 귀환을 자축하는 샴페인을 들었다. 그렇게 내 어릴 적 꿈은, 잊지 못할 경험으로 바뀌었다.

집으로 오는 길, 이런 생각이 들었다. 열기구를 탄다는 건, 사실 그렇게 어려운 일이 아니었는데. 열기구를 타겠다는 마음을 먹고, 열기구를 탈 수 있는 곳이 어디인지 알아보고, 그곳으로 향하면 되는 거였는데. 당장 떠나는 게 어렵다면, 떠나기 위해 차근차근 준비하다가 떠나면 되는 거였는데. 왜 굳이 죽기 전에 해봐야지, 하며 꿈을 미뤘을까. 어릴 적의 내가 열기구를 탔더라면, 더 좋았을 텐데. 꼭 그때가 아니더라도 조금 더 일찍 시도했더라면 좋았을 텐데. 꿈과 멀어지기 전에 시도했더라면 더 좋았을 텐데.

그러다 생각을 멈췄다. 그리고 다짐했다. 하고 싶은 일이 생기면 더는 미루지 않기로. 가장 좋아하는 일을, 가장 좋을 때 하며 살아가기로.

CAPPADOCIA
불행이 곧 행운으로

카파도키아의 하늘에 짙은 여운을 남긴 우리는 숙소로 돌아와 급히 리셉션으로 향했다. 숙소를 옮기기로 한 날이었기 때문이다. 원래는 2박 3일간의 숙박이 끝나고 다른 숙소로 이동할 생각이었다. 그런데 지금의 숙소가 마음에 들어 굳이 옮길 필요성을 못 느꼈던 나는, 체크인 당일, 호스트에게 이틀 더 머물 수 있는 객실이 있냐고 물었다. 그녀는 마침 객실 하나가 취소돼서 이틀 더 머물 수 있다고 했다. 게다가 새로운 객실은 지금 머무는 곳보다 '더 큰' 객실이라고 했다. 지금 객실도 둘이 지내기에는 충분히 컸기에 더 큰 곳은 필요하지 않았지만, 같은 가격에 더 큰 객실을 제공해준다고 하니 고마운 일이었다. 하지만 리셉션에 도착한 나는 그녀로부터 이해할 수 없는 이야기를 들어야 했다.

"오늘은 전에 말했던 106호로 옮길 수 있어요. 그런데 내일은 방을 다시 옮겨야 해요. 113호로요." 106호는 그녀가 약속했던 큰 객실, 113호는 약속에 없던 의문의 객실이었다. 아무런 설명도 없이 갑자기 말을 바꾸는 그녀의 태도가 당황스러웠지만, 일단 113호 객실 내부를 눈으로 보고 판단하기로 했다. 그녀는 조금 귀찮은 듯한 표정으로 나를 안내했고, 객실을 눈으로 확인한 나는 또 한 번 당황할 수밖에 없었다. 지금 지내는 곳의 절반도 안 되는 크기에 창문조차 없는 작은 방이었기 때문이다. 갑자기 말을 바꾼 건 백번 양보해서 넘어갈 수도 있었지만, 같은 가격을 내고 지금보다 더 열악한 숙소에서 지내는 건 말이 안 되는 일이었다. 나는 언짢은 기분을 억누르고 또박또박 내 의사를 전달했다.

"첫날과 말이 좀 다른데요. 분명히 지금보다 더 큰 객실로 옮겨준다고 했는데, 훨씬 더 작은 곳이잖아요." 그녀는 내 이야기를 하나도 이해하지 못 한 사람처럼 같은 말을 반복했다. "맞아요. 106호는 더 큰 방이에요. 대신 내일은 113호로 옮겨야 한다고요."

혹시나 내 말을 잘못 알아들었나 해서 최대한 천천히 이야기했지만, 소용없었다. 그녀는 동문서답으로 일관했다. 원래 약속했던 106호에 하루 더 머물 수 없는 이유라도 말해주거나, 더 좁은 객실을 제공한 것에 대한 보상을 제시해주거나, 아니면 자기의 잘못을 인정하며 미안하다는 말이라도 전했으면 기분이라도 나쁘지 않았을 것이다. 그녀는 오히려 적반하장이었다. 113호에 하루 머무는 게 뭐가 그렇게 대수로운 일이냐는 듯 언짢아했다. 귀를 막고 입만 여는 사람과 논쟁하느라 내 기분을 망칠 필요는 없었다.

"그렇다면 지금 체크 아웃 할게요." 이런 시나리오는 예상하지 못했는지, 그녀는 조금 당황한 기색이었다. 하지만 2박 3일간의 숙박비는 미리 계산했고, 다행히 아직 체크 아웃 시간이 지나지 않아서, 오늘 나가겠다는 나를 잡을 수는 없었다.

일상에서도 좋은 사람만 만나며 살 수 없듯, 여행지에

서도 마찬가지다. 사람 덕분에 고마워서 눈물을 흘리기도 하고, 사람 때문에 화가 나서 눈물이 맺히기도 하는 게 여행이다. 숙소가 아쉽기도 했고, 갑자기 이렇게 된 게 억울하기도 했지만, 그런 불이익을 감수하고 숙소에 머물러 있을 필요는 없었다.

숙소로 돌아온 우리는 객실을 옮기기 위해 미리 싸둔 짐을 차 트렁크에 싣고, 곧바로 숙소 예약 앱을 켰다. 다행히 대안은 있었다. 전에 알아봤던 숙소였는데, 테라스에서 내려다보는 뷰가 기가 막힌 곳이었지만, 비교적 비싼 가격 때문에 포기했던 곳이었다. 그 집의 호스트는 그림을 그리고 글을 쓰는 '알무트'라는 이름의 작가였는데, 앱에는 숙소만큼이나 그녀를 칭찬하는 글이 가득했다. 사람에게 한 번 데여서 그런지, 그녀를 칭찬하는 숙박객들의 리뷰에 더욱 마음이 끌렸다. 다행히도 예약이 가능한 상태였다. 나는 숙소 예약을 요청하고, 그녀의 승인을 기다렸다.

보통은 10~20분 정도면 승인이 나고, 늦어도 한 시간 안에는 승인이 나는 게 정상이었지만, 이상하게도 답이

늦었다. 그래도 기다릴 만한 가치가 있는 숙소라고 생각했기 때문에 근처 카페에서 밀린 업무를 하며 그녀의 답을 기다렸다.

체크인 시간을 한 시간 앞둔 두 시. 그녀는 여전히 묵묵부답이었다. 더 기다릴 수가 없어 일단 숙소가 있는 곳으로 가보기로 했다. 혹시 사정이 있어 머물기 어려운 거라면, 그 근처의 아무 숙소에나 머물 작정이었다. 숙소는 우리가 머물던 괴레메에서 30분 정도 떨어진 우치사르라는 마을에 있었다.

숙소 근처에 도착하니 믿기 힘든 뷰가 펼쳐졌다. 우리가 머물던 숙소의 뷰도 괜찮다고 생각했는데, 이곳의 뷰는 괜찮은 정도가 아니라 황홀한 수준이었다. 하지만 문제가 있었다. 분명히 지도에서 알려주는 위치로 찾아왔는데, 숙소를 찾을 수가 없었다. 염치를 무릅쓰고 근처에 있는 호텔 직원들에게 위치를 물었지만, 유명한 호텔이 아니었기에 아는 사람이 없었다. 땀을 뻘뻘 흘리며 숙소를 찾아다니는 나를 한 아주머니가 안타까운 표정으로 쳐다보고 있었다. 나는 반사적으로 그녀에게 다가가 핸드폰에 있는 집 사진을 보여주며 물었다. "혹시 이 집 어딘지 아시나요? 그림을 그리는 분이래요. 알무트. 이 집 주인의 이름은 알무트에요."

그녀는 사진을 보고 골똘히 생각하더니, 남편이 알무트와 친분이 있다고 했다. 그리고 친절하게도 남편에게 전화를 걸어 알무트의 집 위치를 파악해 나에게 길을 설명해줬다. 영어 반, 튀르키예어 반으로 설명하는 그녀의 안내를 정확히 알아들을 수는 없었지만, 앞으로 쭉 간 다음, 왼쪽으로 내려가서, 오른쪽에 있다고 말하는 듯했다. 이 설명만으로 우리가 집을 찾을 수 있을지 의문이었지만, 일단 가보기로 했다.

등에 흐르는 땀까지 증발시켜버릴 듯한 뜨거운 해를 정면으로 받으며 우치사르의 골목을 누볐다. 하지만 그녀의 집은 보이지 않았다. 외벽에 커다란 벽화가 있는 개성 뚜렷한 집이라, 근처라면 눈에 띄지 않을 리가 없는데 도통 나올 생각을 하지 않았다. 더 찾아도 집이 나올 것 같지는 않았지만, 마지막으로 한 번만 더 찾아보자는 생각으로 짝꿍과 나는 각자 다른 골목으로 들어가서 집을 찾았다.

이렇게까지 고생해가며 알무트의 집에 머물만한 가치가 있을까, 의문이 들기도 했고, 만약에 찾는다고 하더라도 집에 머물 수 있는지 불확실한 상황이었다. 하지만 이쯤 되니 뭐라도 상관없었다. 일단 찾고 보자는 생각이었다. 쓸데없는 오기가 또다시 발동한 것이다. 하지만 아무리 찾아도 알무트의 집은 보이지 않았다. 나는 낙담한 표정으로 짝꿍과 갈라졌던 길로 다시 돌아왔다. 그런데 그때, 저 멀리서 짝꿍의 밝은 목소리가 들렸다. "여기야, 여기."

나는 무슨 보물이라도 발견한 듯 밝은 표정으로 활짝 웃고 있는 짝꿍을 향해 신나게 달려갔다. 그곳에 알무트의 집이 있었다. 집 앞으론 우리가 첫날 올랐던 국립공원의 전경이 펼쳐져 있었고, 집의 벽엔 그녀가 직접 그린 벽화가 있었다. 단정한 호텔과는 다른 느낌이었지만, 그녀의 손길이 잔뜩 묻은 집은 다른 숙소들과 비교할 수 없는 개성을 뽐내고 있었다. 무조건 이곳에 머물러야겠다는 생각이 들 정도로 탐나는 숙소였다. 나는 활짝 열려 있는 문으로 들어가 큰 소리로 외쳤다. "Hello?"

답은 돌아오지 않았다. 현관에 매달려있는 종을 힘차게 흔들었다. 종의 맑은소리가 마당에 울렸다. 하지만 여전히 답이 없었다. 몇 번을 부르고 문을 두드렸지만, 그녀는 답하지 않았다. 20여 분을 더 기다렸지만, 그녀는 오지 않았다. 잠깐 장을 보러 간 건지, 아니면 일 때문에 다른 도시에 가 있는 건지 알 수 없었다. 하나 확실한 건, 그녀가 집에 없다는 사실이었다. 이곳까지 오느라 수고한 걸 생각하니 발이 떨어지지지 않았지만, 언제 올지 모르는 그녀를 계속 기다릴 수도 없었다.

시간은 어느덧 5시. 차가 주차돼있는 곳으로 다시 돌아가는데 그 거리가 꽤 멀었다. 주인도 없는 집을 찾기 위해 많이도 걸었나 보다. 차는 우리가 방황하는 동안 태양의 열을 그대로 흡수하고 있었다. 운전석에 앉아 있으니, 펄펄 끓는 냄비 속에 들어온 백숙이 된 기분이었다. 더위를 식히려 페트병에 든 물을 한 모금 마셨다. 그대로 커피를 내려 마셔도 될 정도로 뜨거운 물이었다. 너무 더워서 아무것도 하고 싶지 않았지만, 축 늘어져 있을 때가 아니었다. 나는 다시 숙소 예약 앱을 켰다. 그리고 지금 당장 숙소 예약이 가능한 곳을 찾았다. 꼼꼼히 따질 만한 여유가 없었다. 말문이 막힐 정도로 비싸거나 별점이 테러 수준만 아니라면 어디든 괜찮았다.

'카야 호텔Kaya Hotel'. 상단에 있는 호텔 하나가 눈에 띄었다. 당일 예약, 더군다나 체크인 시간이 지나서인지 특가 할인이 적용된 가격이었다. 1박에 6만 원, 나쁘지 않은 가격이었다. 썩 끌리지 않는 평범한 호텔이었지만, 다른 숙소를 찾을 기운은 없었다. 순식간에 예약을 마친 나는, 차를 몰아 호텔로 향했다.

호텔의 객실은 넓지 않았다. 침대 하나, 화장실 하나, 붙박이 옷장 하나, 화장대 하나가 전부였다. 좁지만, 깔끔하고 단정한 객실이었다. 그런데 리셉션 직원으로부터 반가운 소식을 들었다. 야외 수영장과 실내 수영장이 있다는 사실, 게다가 실내 수영장은 온수 풀이라는 사실이었다. 지칠 대로 지친 우리에게 가뭄의 단비 같은 소식이었다. 우리는 숙소에 짐을 풀고, 수영복을 챙겨 곧바로 실내 수영장으로 향했다.

호텔 복도는 마치 동굴 같았다. 어두운 조명이 은은하게 길을 밝히고 있었다. 가공하지 않은 듯한 거친 벽엔 흑백 사진이 담긴 액자가 띄엄띄엄 걸려 있었다. 가까이서 보니 커다란 바위 옆에 곡괭이 같은 도구를 들고 있는 인부들의 사진이었다. 사진의 아래엔 이런 문장이 적혀 있었다. "이것은 호텔이 처음 지어졌을 때의 사진입니다." 그리고 사진 아래엔 이 사진이 찍힌 연도가 적혀 있었다. "1641"

평범한 호텔인 줄로만 알고 있었다. 마음도 급하고, 더위에 지쳐서, 특가라는 사실에 홀린듯 찾아온 숙소였다. 그런데 무려 1641년에 지어진 이 호텔은 자연에 있는 큰 동굴을 개조해 만든 최초의 동굴 호텔이었다. 호텔의 실체에 깊은 인상을 받은 우리는 실내 수영장에서 또 한 번 깊은 인상을 받았다. 넓고 따뜻한 온수 수영장 옆에는 전혀 기대하지도 않았던 사우나가 있었기 때문이다. 카파도키아에 와서 평소의 두 배를 걸었던 우리에게, 사우나는 사막에서 만난 오아시스 같은 존재였다.

아무도 없는 온수 풀에서 가볍게 수영을 하며 긴장된 근육을 풀었다. 샤워실에서 찬물로 몸을 적시고, 사우나에 들어가 돌에 물을 끼얹었다. '쉬이이익' 소리와 함께 수증기가 올라오더니 사우나 실내의 온도가 적당히 올라갔다. "으어어어⋯. 아⋯. 좋다⋯." 카파도키아를 탐험하면서 쌓인 모든 피로가 한 방에 사라지는 기분이었다.

수영과 사우나를 반복한 우리는 상쾌한 기분으로 객실로 돌아왔다. 다시 태어난 기분이었다. 문을 열었더니 선선한 바람이 들어왔다. 시원한 공기를 더 만끽하고 싶어 슬리퍼를 신고 실외 수영장이 있는 마당으로 나갔다. 시원한 밤바람을 맞으며 넓은 마당의 끝으로 갔더니, 왼편에는 우치사르 성Uchisar castle을 중심으로 마을이 아름답게 반짝거리고 있었고, 오른편엔 우리가 열기구를 타며 내려다봤던 카파도키아의 자연이 어둠 속에서 위엄을 뽐내고 있었다. 그리고 뒤를 돌아보니 400년 역사를 간직한 동굴 호텔이 아름답게 빛나고 있었다. '여기가 진짜구나⋯. 우리가 이 숙소에 오기 위해 그렇게 돌고 돌았나 보다.'

삶은 꼭 고통 후에 행복을 준다. 반대로 행복 후에 고통을 주기도 한다. 하나만 계속해서 몰아주는 경우가 없다. 행복의 가치를 더 절실히 느끼라는 듯 고통을 세게 주기도 하고, 행복의 불씨가 꺼질 때쯤 삶은 살만한 가치가 있다는 걸 일깨워주기라도 하는 것처럼 행복의 불씨를 다시 지펴주기도 한다. 물론 고통 없는 삶이 좋긴 하겠지만, 고통이 없다면 지금 내가 느끼는 행복을 제대로 느낄 수 있을까. 내가 사는 삶을 감사한 마음으로 바라볼 수 있을까. 고통이 있기에 행복을 온전히 느낄 수 있는 게 아닐까.

"으어어어…. 좋다, 좋아." 주인이 약속을 어긴 숙소에서 나와, 주인도 없는 집을 찾느라 고생하다가, 고통 끝에 찾은 동굴 호텔의 사우나에서 한 생각이었다.

CAPPADOCIA
예상하지 않았던 길

　카파도키아에서의 마지막 날, 호텔에서 제공하는 조식을 먹기 위해 아침 일찍 방을 나섰다. 식당에 가니 저렴한 숙박비와 어울리지 않는 음식들이 나를 기다리고 있었다. 접시에 음식을 듬뿍 담아 자리에 앉았다. 창밖을 바라보니 열기구 몇 대가 아직 떠 있었다. 카파도키아의 하늘에 떠 있는 열기구를 보면서 먹는 아침 식사라니. 갑자기 말을 바꾼 이전 숙소의 주인과 때마침 집을 비웠던 알무트에게 고마운 마음이 들었다. 그들 덕분에 지금의 숙소를 찾은 거니까.

　조식을 먹고 숙소 바로 앞에 있는 피죤 밸리Pigeon valley를 걸었다. 과거엔 비둘기의 분뇨를 포도밭의 거름으로 쓰기 위해 비둘기를 키웠는데, 더는 비둘기의 분뇨가 필요하지 않은 요즘에도 비둘기는 여전히 많았다. 아마, 피존 밸리의 명맥을 이어가기 위해 모이를 뿌려 비둘기를 모이게 하는 것 같았다.

간단히 산책만 하려고 했는데, 그게 또 마음처럼 잘되지 않았다. 한 시간을 넘게 걷다 보니 어느새 등엔 땀이 흥건했다. 다시 집으로 돌아와 더위를 식히고 있는데, 자꾸 머리에 아른거리는 곳이 있었다. 첫날 길을 잘못 들어 고생했던 괴레메 히스토리칼 국립공원이었다. 길을 헤매느라 미처 다 보지 못하고 내려온 게 못내 아쉬웠기 때문이다.

후회는 할지언정 미련을 남기지 않을 것. 내가 선택에서 가장 중요하게 생각하는 것이다. 후회는 선택 후에 따라오는 감정이지만, 미련은 선택하지 못해 남는 감정이다. 그렇다면 답은 하나다. 결과를 따지지 않고 선택하는 것. 나는 침대에서 벌떡 일어나 또다시 국립공원으로 향했다.

이번엔 넓은 길로 안전하게 가리라 다짐했다. 입구에 들어서기 전, 안내판을 신중히 살폈다. 이곳엔 멋진 자연만 있는 게 아니었다. 레스토랑과 카페, 그리고 오래전에 지어진 교회도 있었다. 첫날엔 멋진 풍경에 정신을 빼앗겨 미처 확인하지 못한 사실이었다. 교회에 도착해서 구경 좀 하다가 근처 카페에서 여유 있게 커피를 마시고 내려오면, 카파도키아에서의 마지막 날을 멋있게 장식할 수 있을 것 같았다.

얼마 걷지 않아 두 갈래 길이 보였다. 왼쪽은 우리가 무모하게 올랐던 가파른 길, 오른쪽은 넓고 완만한 길이었다. 우리가 올랐던 길을 보니 웃음이 터졌다. 도대체 뭘 보고 저길 제대로 된 길이라고 생각했을까. 다시 생각해도 정말 어처구니없는 판단이었다.

이번엔 당연히 오른쪽 길을 택했다. 첫날과 달리 완만한 길이 쭉 이어졌다. 길은 직선이 아니라 곡선이었다. 덕분에 코너를 돌 때마다 카파도키아의 다양한 면을 볼 수 있었다. 아무리 멋있는 풍경이라고 하더라도 비슷한 풍경을 계속 감상하면 무뎌지기 마련인데, 카파도키아는 그럴 틈을 주지 않았다. 걸음을 이동할 때마다 지역을 이동하는 느낌이었다. 왼쪽과 오른쪽이 다르고, 앞과 뒤가 다르고, 5분 전과 5분 후가 달랐다. 다양한 모습의 국립공원, 그곳에서 바라보는 카파도키아의 자연 덕분에 시간을 잊고 계속해서 걸었다.

조금 이상하다고 느낀 건, 걸은 지 한 시간이 지난 후였다. 우리가 가는 길에 사람이 한 명도 없었기 때문이다. 원체 사람이 없는 곳이긴 했지만, 이렇게 오래 걸었는데 돌아오는 사람을 단 한 명도 만나지 않았다는 건, 분명 이상한 일이었다. 그래도 좀 더 걷기로 했다. 다른 길로 새지 않고 앞으로 쭉 걸어왔는데 길을 잘못 들었을 리는 없었다.

　30분 정도 더 지났을까. 드디어 길의 끝에 건축물로 짐작되는 무언가가 보였다. 가까이서 보니 돌을 쌓아 만든 벽이었다. 틈 많은 투박한 벽이었지만, 상당히 애써 만든 흔적이 보였다. 그런데 아무리 봐도 교회라고 하기엔 좀 엉성했다. 교회라고 할 만한 그 어떤 표식도 보이지 않았다. 이게 도대체 뭘까, 생각하다 뒤로 돌아가니 벽이 트여 있었다. 그리고 정체를 알 수 없는 건축물의 벽을 본 순간, 내가 엉뚱한 곳에 찾아왔다는 사실을 알 수 있었다.

　'교회에 아라비아어가 있을 이유가 없는데….' 뭔가가 이상했다. 벽을 보니 아라비아어로 뭔가가 적혀 있었기 때문이다. 이 문자가 뭘 의미하는지 알 수는 없었다. 내가 알아볼 수 있는 건, '1934'와 '1981'이라는 숫자뿐이었다. 더 수상한 건, 어지럽게 적힌 문자 옆에 카펫이 세로로 걸려 있었고, 바닥엔 먹다 남은 물병이 나뒹굴고 있었다는 것이다. 이곳은 도대체 뭘 하는 곳일까.

카펫과 벽 사이의 작은 틈으로 검은 공간이 보였다. 궁금함을 참지 못하고 카펫을 살짝 들춰본 짝꿍은 굳은 표정으로 내게 말했다. "여기 무, 무덤 아니야?" 농담이라고 생각한 나는 카펫을 들춰 안을 확인했다. 거짓이 아니었다. 작은 공간 가운데엔 오각형의 관이 있었고, 그 주변엔 꺼진 지 오래된 듯한 촛불과 오래된 책들이 쌓여 있었다.

'1934', '1984'. 그제야 숫자가 의미하는 바를 알 수 있었다. 누군가가 태어나고 죽은 날짜였다. 국립공원 안에 있는 거니까 사유지일 리는 없고, 그렇다고 해서 유적지일 리도 없었다. 유적지라면 최소한 표지판이라도 있어야 하는 거 아닌가. 나뒹구는 생수병들을 또 뭔가. 괜히 기분이 오싹했다. 왠지 더 오래 있으면 안 될 것 같은 느낌이 들어 서둘러 발걸음을 돌렸다.

주차장으로 돌아가는 짝꿍의 발걸음은 나보다 빨랐다.

조금 천천히 가라는 내 말은 듣지도 않고, 총총걸음으로 쉬지도 않고 걸었다. 우리의 계획은 교회를 구경하고, 근처 카페에서 커피를 마시고, 끝내주는 풍경을 감상하며 카파도키아의 마지막을 장식하는 거였는데, 한 시간을 넘게 걸어 누군가의 영묘에 다다를 줄이야.

또다시 한 시간을 걸어 입구에 도착해서 표지판을 다시 살폈다. 왼쪽은 내려가는 길, 오른쪽은 올라가는 길이었다. 그리고 우리가 찾는 교회는 내려가는 길에 있었다. 시작부터 길을 잘못 든 것이다.

한국에 돌아온 나는, 여전히 그때의 영상과 사진을 돌려본다. 카파도키아에 많은 추억이 있지만, 괴레메 히스토리칼 국립 공원에서의 경험이 가장 생생하다. 두 번이나 길을 잘못 택했기 때문이다. 매우 가파른 길도, 아주 완만한 길도 잘못된 길이었다. 아니, 엄연히 말하자면 잘못된 길이 아니라, 내가 생각했던 목적지와 '다른 길'이었다.

만약 목적지로 곧장 이어지는 길을 찾아 원하던 교회에 갔다면, 교회 근처에서 음료를 한 잔 마시고 다시 내려왔다면 어땠을까. 물론, 그것도 좋은 경험이었을 테지만, 여행이 끝나고 나서도 강렬하게 남을 만한 추억은 아니었을 것이다. 목적지와 다른 길로 들어서서 고생했기 때문에, 길을 찾느라 헤맸기 때문에, 헤맨 끝에 뜻하지 않는 것들을 만났기 때문에 강렬한 추억을 만들 수 있었던 거 아닐까.

예상하지 않았던 길로 들어선 탓에 고생도 하지만, 그 길에서 기대치 않았던 일들을 만나 새로운 길을 맞이하고, 새로운 삶을 열어나가는 거, 그런 게 인생 아닐까.

CAPPADOCIA
삶에서 가장 중요한 것

 카파도키아에서의 마지막 날, 우린 기념 선물로 카펫을 사기로 했다. 튀르키예 카펫은 예쁘고 화려하기로 유명하다. 하지만 예쁘다는 이유로 무턱대고 사다간 뒤늦게 후회할 수도 있다. 카펫에 대해서 잘 모르는 관광객에게 바가지를 씌우는 상인들이 있기 때문이다.

 며칠 전, 데린쿠유 지하도시를 탐방하고 나오는 길에 기념품을 살 겸, 한 골동품 가게에 들렀다. 물건을 슬쩍 쳐다보기만 해도 옆에 붙는 상인들이 부담스러워서 기념품 가게는 웬만하면 지나쳤지만, 나에게 많은 영감을 준 카파도키아에서 기념품을 사 가는 것도 괜찮겠다는 생각이었다.

가게 밖에 있는 골동품을 구경하고 있으니 어느새 사장님이 나와서 흥정하기 시작했다. "아, 그 잔은 오스만 시대 때 만들어진 거예요." 흙먼지가 잔뜩 묻은 작은 잔을 만지고 있는 짝꿍에게 그가 말했다. "얼마예요?" 높은 가격을 불러도 당황하지 않으리라 다짐했지만, 가격을 들은 나는 흠칫 놀랄 수밖에 없었다. 내 엄지손가락 크기의 잔 가격은 200리라, 한화로 15,000원이었다. 조용히 잔을 내려놓는 짝꿍을 보며 사장님이 말했다. "얼마를 원해요? 불러봐요." 가격 때문에 그렇지 조그만 잔이 마음에 들었던 짝꿍은 절반 값인 100리라를 불렀다. 그는 한 치의 망설임도 없이 말했다. "좋아요."

내가 예상했던 반응과 너무 달라 또 당황했다. '100리라? 그건 아니죠. 이 잔이 얼마나 가치 있는 잔인데요.' 이 정도가 내가 기대했던 반응이었다. 200리라의 가치가 기대 없이 툭 던진 말 한마디에 100리라로 바뀌다니. 절반 값에 사긴 했는데 뭔가 속은 듯한 기분이었다. 과연 오스만 시대에 만들어지긴 한 걸까. 만약 그렇다면 정확히 어느 시대에 만들어진 걸까. 물어보고 싶었지만, 왠지 제대로 된 대답이 돌아오진 않을 것 같아 질문을 삼켰다.

그는 잔을 포장하는 동안 가게 안으로 들어와서 카펫도 구경하라고 했다. 들어가면 왠지 나오기가 힘들어질 것 같은 불길한 기분이 들었지만, 안 그래도 선물용 카펫을 구매할 생각이 있던 터라 구경도 할 겸 가게 안으로 들어갔다. 우리를 카펫 앞으로 안내한 그는 돌돌 말아진 상태로 벽에 세워져 있는 카펫을 바닥에 펼치기 시작했다. "핸드메이드 실크예요. 만져 보세요. 부드럽죠? 그리고 보는 각도에 따라 색도 달라져요."

카펫의 촉감은 정말 부드러웠다. 각도에 따라 변하는 색이 꽤 고급스러워 보였다. 그는 '핸드메이드'라는 걸 계속해서 강조했다. 마음에 들긴 했지만, 중요한 건 가격이었다. 핸드메이드 실크 카펫이 싼 가격일 리는 없었다. "1,200리라예요." 싼 가격은 아니었지만, 예상했던 것만큼 비싸지는 않았다. 핸드메이드 실크 카펫을 국내에서 10만 원에 구할 수 있을까? 불가능한 일이었다. 의외로 저렴한 가격에 잠시 고민했는데, 골동품 잔의 가격을 선뜻 절반으로 내어준 사장님의 모습이 떠올랐다. 문득 이

런 생각이 들었다. '이게 과연 핸드메이드가 맞을까?'

아직 카파도키아 일정이 이틀 남아 있어서 서두를 필요
는 없었다. 다른 가게와 비교하고 구매하는 게 현명한 선
택이었다. 나는 그에게, 어차피 이 근처에 숙소가 있으니
조금 더 고민해보고 다시 사러 오겠다며 명함을 한 장 달
라고 했다. 사실은 거짓말이었다. 숙소는 근처가 아니라
한 시간이나 떨어진 위치에 있었고, 나는 이곳에 다시 오
지 않을 거라는 사실을 알고 있었다. 그는 아쉬운 표정으
로 명함을 건네면서 명함에 메신저가 있으니 언제든지 연
락하라고 했다. 명함을 받은 나는 무언가에 쫓기듯 가게
를 뛰쳐나왔다. 지하 7층이나 되는 데린쿠유 지하도시를
한 시간 넘게 돌아다닌 것보다 더 진 빠지는 시간이었다.

카파도키아에서의 마지막 날, 우린 다시 카펫 가게에 들렀다. 물론 한 시간 동안 차를 몰아 데린쿠유로 간 건 아니었다. 먼저 다녀간 사람들의 평이 꽤 괜찮은, 괴레메 시내의 한 카펫 가게였다. 문을 열고 들어가니 한 살도 안 돼 보이는 새끼 고양이가 카펫에 몸을 비비적거리고 있었다. 고양이에 한눈을 팔고 있는 사이, 가게 사장님이 온화한 미소를 지으며 인사를 건넸다. "안녕하세요? 한국에서 왔죠?" 그는 단번에 우리가 한국에서 왔다는 사실을 알아챘다. 한 유튜버가 이 가게를 리뷰한 이후로, 한국인이 꽤 많이 찾아온다고 했다. 간단한 인사를 건넨 그는 우리가 카펫을 둘러볼 때까지 조용히 뒤에서 기다렸다. 덕분에 마음 편히 카펫을 구경할 수 있었다.

카펫을 둘러본 나는 핸드메이드 실크 카펫이 있냐고 물었다. 데린쿠유에서 살 뻔했던 그 실크 카펫 말이다. 하지만 사장님은 그것보다 합리적이고 퀄리티 좋은 핸드메이드 울 카펫을 추천한다고 말했다. 그러더니 카펫은 어떻게 만들어지는 건지, 공장에서 찍어낸 카펫과 핸드메이드 카펫이 어떻게 다른지, 마치 카펫 박물관 큐레이터처

럼 상세히 설명했다. 카펫을 만드는 기계로 간단한 시연
도 하고, 공장에서 찍어낸 카펫과 핸드메이드 카펫을 불
로 살짝 태워 그 차이도 설명했다. 공장 카펫에선 플라스
틱을 태울 때 나는 냄새가 났고, 울 카펫에선 사람 머리카
락이 타는 냄새가 났다. 그리고 사장님에게선 신뢰감 넘
치는 장인의 냄새가 났다.

"다른 가게에서 핸드메이드 실크 카펫을 1,200리라에
판매하던데, 합리적인 가격인가요?" 왠지 이 사람이라면
솔직한 답을 줄 수 있을 것 같았다. 그는 알 수 없는 미소
를 짓더니 이렇게 말했다. "제가 장담하는데 그 사람은

거짓말을 한 거예요. 핸드메이드 실크 카펫은 가격이 다양하지만, 절대 그 가격은 나올 수 없거든요. 분명 공장에서 찍어낸 카펫일 거예요."

그는 비싼 카펫을 추천하지 않았다. 그렇다고 해서 저급한 카펫을 권유하지도 않았다. 부모님 선물용으로 살 거라는 내 이야기를 듣고, 울 소재의 핸드메이드 카펫을 넌지시 권장해줄 뿐이었다. 흥정하지도 않았고, 강요하지도 않았다. 대안을 주고 내 선택을 기다렸고, 내가 질문하면 자세히 설명할 뿐이었다. 다른 가게에서는 사지 않으면 큰일 날 것 같은 부담감 때문에 물건도 제대로 보지 못하고 급히 나오는 경우가 많았는데, 이곳은 전혀 그렇지 않았다. 나오기는커녕 더 머물고 싶은 마음이 들었다. 고민 끝에 기분 좋은 마음으로 카펫을 구매한 나는, 각각의 카펫에 자필로 쓴 보증서를 작성하고 있는 사장님의 모습을 보고 이렇게 말했다. "정말 프로페셔널 하시네요." 그는 펜을 멈추고 진지한 표정으로 내게 말했다. "저는 제 직업을 사랑하니까요. 내가 하는 일을 사랑하는 것. 그게 제일 중요한 일이잖아요."

카파도키아에서의 마지막 날, 내가 카펫 가게에서 구매한 건, 천연 울로 만들어진 핸드메이드 카펫, 그리고 자신의 직업을 진심으로 사랑하는 사장님의 마음이었다.

ANTALYA
흐린 후 맑음

　다음 날 아침, 우린 카파도키아를 떠나 지중해 최고의 휴양지라고 불리는 안탈리아로 향했다. 안탈리아는 그동안 걷고, 헤매고, 또다시 걸으며 고생했던 우리에게 주는 4박 5일간의 선물이라고 생각했다. 나는 안탈리아가 이번 여행 최고의 도시가 될 거라는 믿음으로 7시간이나 되는 거리를 쉬지 않고 달렸다.

　내가 안탈리아를 기대했던 건, 지중해 때문이었다. 여름엔 습하지 않은 바닷바람이 불어오고, 바다의 수온이 사시사철 따뜻한 터라 원 없이 수영할 수 있는 곳, 에메랄드빛 푸른 바다가 넘실거리는 곳이 내 상상 속의 지중해였다. 그중에서도 지중해 최고의 휴양지로 꼽히는 곳이 안탈리아라니, 기대하지 않을 수 없었다. 하지만 언제나 그랬듯 현실은 기대와 달랐다. 내가 느낀 안탈리아는 평범한 도시였고, 바다 또한 평범한 바다였기 때문이다. 안탈리아에서 가장 유명한 해수욕장인 콘얄트 해변Konyaalti Beach은 사람 많고 물 맑은 기나긴 해변이었다. 사고를 방지하기 위해 안전선을 설치해놔서 그 안에서만 수영할 수 있었는데, 사람 가득한 테두리 안에서 자연을 제대로 느낄 수 있을 리가 없었다. 내가 기대했던 에메랄드빛의 바다도 아니었고, 다양한 해양 동물들이 살아 숨 쉬는 그런 바다도 아니었다. 나쁘진 않았지만, 대단하지도 않은, 그런 평범한 바다였다.

다음 날, 콘얄트 해변의 아쉬움을 보상받기 위해 찾은 머멀리 해변Mermerli beach은 더 깊은 아쉬움을 줄 뿐이었다. 어느 곳에서 관리하는 건지 알 수는 없었지만, 해변 입구로 이어지는 레스토랑에 70리라의 입장료를 내야 입장할 수 있는 바다였다. 하지만 이게 바로 지중해구나, 하는 그 어떤 느낌도 받지 못했다. 바위 주변으로 드물게 보이는 물고기를 구경하려다가 돌부리에 배가 쓸려 상처만

입었다. 게다가 레스토랑에서 먹은 음식은 정말 최악이었다. 웬만해선 음식으로 불평하지 않는 나지만, 다른 곳에서 세 끼는 먹을 금액으로 정말 어처구니없는 음식을 먹고 있으니 한숨이 나왔다. 튀르키예는 어딜 가나 맛집이라는 좋은 인식을 산산조각 낸 레스토랑이었다.

아쉬운 건 바다뿐만이 아니었다. 안탈리아 도심도 썩 인상적인 곳은 아니었다. 숙소가 있는 구시가지는 옛 양식의 건축물이 옹기종기 모여 있는 아름다운 마을이었다. 하지만 사프란볼루 마을의 아름다움에 비할 바는 아니었다. 빼곡한 숙소만큼이나 빼곡했던 음식점은 대부분 관광객을 사로잡기 위한 음식점이었다. 맥주를 파는 펍, 수제 햄버거를 파는 레스토랑, 늦은 밤까지 운영하는 클럽을 보고 있으니, 여기가 튀르키예인지 미국인지 헷갈릴 정도였다. 물론 도심 전체를 구석구석 살펴본 건 아니기 때문에 안탈리아 전체가 그렇다고 말할 수는 없다. 하지만 내가 경험한 안탈리아는 그랬다. 기대했던 바와 다른 모습에 아쉬움을 느낀 나는, 안탈리아의 숨은 면을 보기 위해 도심을 벗어나기로 했다.

숙소에서 한 시간 반 정도 떨어진 곳에 올림포스Olympos 산이 있었다. 굳이 안탈리아라는 아름다운 도시를 두고 왕복 세 시간이나 걸리는 곳을 갈 필요가 있나 싶어 일정에서 제외한 곳이었다. 하지만 안탈리아 도심에서 아쉬움을 느낀 내게, 해발 2,365m의 높이에서 안탈리아의 전경을 내려다 볼 수 있는 올림포스 산은 좋은 대안이었다. 케이블카를 타고 올라가 산 정상에서 안탈리아를 내려다보면, 다른 느낌을 받을 수 있지 않을까 생각했다. 때론 가까이서 보면 보이지 않다가 멀리서 보면 보이는 것들이 있지 않은가. 나는 이번에도 기대를 한가득 안은 채 올림포스 산으로 향했다.

가는 길은 쉽지 않았다. 핸들을 쉼 없이 꺾어야 했고, 액셀과 브레이크를 정강이 부근의 근육이 뻐근해질 정도로 밟아야 하는 험난한 꼬부랑길이었다. 그래도 목적지와 가까워질수록 장엄한 모습을 뽐내는 산을 구경하다 보니, 올림포스 산의 입구에 금방 도착할 수 있었다. 그런데 아무리 봐도 주변에 주차할 곳이 없었다. 입구에 있는 안내원 할아버지에게 주차장의 위치를 물었더니 그는 입가에 미소를 지으며 이렇게 말씀하셨다. "20분은 더 올라가야 해요."

입구에서부터는 오르막길이 계속해서 이어졌다. 그런데 불길하게도, 오르면 오를수록 날이 점점 흐려졌다. 방금까지만 해도 '맑음'이었던 날씨가 불과 몇 분도 지나지 않아 '매우 흐림'으로 바뀌었다. 우리는 지금 구름을 지나는 중이고, 산 정상에 도착하면 구름이 우리 발아래서 멋진 풍경을 만들어 낼 거야, 라며 긍정적으로 생각했다.

케이블카가 있는 주차장에 도착한 나는 차에서 내려 하늘부터 확인했다. 구름 가득한 하늘, 구름을 뚫고 정상으로 향하고 있는 케이블카 외엔 아무것도 보이지 않았다. 케이블카가 정상적으로 운행되고 있다는 사실에 약간의 희망이 생겼다. 저 구름을 뚫고 정상에 도착하면, 새로운 풍경이 나를 기다리고 있을 것으로 생각했다. 그렇지 않다면, 이 날씨에 케이블카를 타고 정상으로 향하는 사람들이 있을 리 없었다.

티켓을 끊으려고 차례를 기다리고 있는데, 단체로 온 관광객들이 소리를 높여 다투고 있었다. 슬쩍 듣기론, 올라가느냐 마느냐로 논쟁하고 있는 것 같았다. 한참을 다투던 그들은 올라가지 않겠다는 선택을 했는지 표를 구매하지 않고 밖으로 나갔다. 불길한 기운을 감지한 나는 직원에게 물었다. "위쪽은 상태가 좀 괜찮나요?" 직원은 전 관광객들 때문에 많이 지쳤는지 심드렁한 표정으로 말했다. "여기 화면에 보이는 곳이 올림포스 정상이고요. 보시다시피 구름 때문에 아무것도 보이지 않아요. 그래도 괜찮으시다면, 티켓은 한 명당 50유로입니다. 당신 선택이에요."

정상을 비추는 카메라 화면엔, 구름 속에 갇힌 몇몇 관광객들의 모습 말고는 아무것도 없었다. 뿌연 화면이, 마치 카메라 렌즈에 지문이라도 잔뜩 묻은 것 같았다. 그래도 여기까지 왔는데, 아무것도 안 하고 돌아가는 건 좀 억울했다. 짝꿍이 화장실에 가 있는 사이, 나는 티켓을 거의 구매할뻔했다. 여기서도 충분히 볼 수 있는 구름을 더 가까이서 보기 위해 50유로, 둘이면 한화로 13만 원을 기꺼이 낼 뻔했다. 하지만 화장실에서 돌아온 짝꿍이 말했다. "굳이… ."

짝꿍의 한마디에 정신을 차렸다. 굳이 이곳까지 온 시간이 아까워 어리석은 선택을 할 필요는 없었다. 굳이 애초의 목적을 달성하기 위해 의미 없는 선택을 할 필요는 없었다. 목적지에 왔는데 내가 생각했던 것과 상황이 달라졌다면 또는 내 마음이 변했다면, 그에 맞는 선택을 다시 하면 되는 일이었다. 나는 화장실에서 급한 일이나 처리하고 내려가기로 했다.

우리는 산에서 한 시간 정도 떨어져 있는 올림포스 해변으로 향했다. 산에 잔뜩 끼어 있던 구름 때문에 계획했던 것보다 두 시간은 일찍 도착할 예정이었다. 올림포스 해변은 안탈리아 도심에서 많이 떨어진 곳이라 사람들이 많이 찾지 않는 곳인 듯했다. 유명한 관광지에서 예측된 장면을 만나는 것보다, 사람들의 발길이 잘 닿지 않는 곳에서 예측하지 못한 상황에 맞닥뜨릴 때 더 즐거움을 느끼는 나였기에 오히려 좋았다. 하지만 기대는 하지 않기로 했다. 기대는 최소한으로 줄이는 게 여러모로 좋다는 걸 지금까지의 경험을 통해 깨달았으니까.

올림포스 해변에서 가장 먼저 눈에 띈 건, 입구에 있는 거북이 모양의 간판이었다. 그리고 간판 앞에는 거북이 알의 껍질을 담은 모래 상자가 있었다. "어?! 여기 거북이 나오는 해변인가 봐." 내가 상상하는 지중해 해변을 만날 수도 있겠다는 생각에 입구에서부터 기대감이 생기기 시작했다.

올림포스 해변은 산으로 둘러싸인 비교적 아담한 해변이었다. 모래가 아니라 굵은 자갈이 깔려 있었고, 내가 갔던 두 해변과 달리 관광객이 많지 않았다. 수영할 때마다 시야를 가리는 머리카락을 고정하기 위해 수모를 쓰고, 바닷속을 또렷이 보기 위해 수경을 썼다. 만반의 준비를 마친 나는 바다에 몸을 담갔다.

따뜻했다. 물놀이하기 딱 좋은 온도였다. 그리고 바다는 말도 안 될 정도로 투명했다. 실내 수영장의 바닥을 보듯 바다의 지면을 훤히 볼 수 있었다. 따뜻한 물과 차가운 물이 만나서 그런 건지 이유는 알 수 없지만, 물속에서 아지랑이 같은 게 피어올라 신비한 분위기를 뿜어내고 있었다. 자갈 사이로 물고기들이 헤엄치고 있었고, 하늘에서 쏟아지는 햇빛이 바다로 새어 들어와 물고기들을 비추고 있었다. 여기가 바로 내가 기대했던 지중해였다.

시간이 가는 줄도 모르고 놀았다. 수영하다 지치면 따뜻한 햇살을 맞으며 자갈 위에 누워 낮잠을 잤다. 자다 일어나면 잠을 깨기 위해 맑은 바다에 다시 몸을 던졌다. 하루내내 제대로 먹은 음식도 없었지만, 배가 고픈 것도 잊고 놀았다. 아쉬운 게 딱 하나 있다면 바다 거북이를 볼 수는 없었다는 거였다. 그래도 상관없었다. 우리가 곧 거북이었다. 따뜻한 지중해에서 자유롭게 수영하는 거북이.

어느덧 저녁이 가까워지고 있었다. 올림포스 산과 바다의 에너지를 한껏 받은 우리는, 숙소로 돌아가지 않고 또 다른 산으로 향했다. 다음 목적지는 3,000년간 꺼지지 않는 불꽃이 바위틈에서 피어오른다는 키메라Chimaera 산이었다.

그리스 신화에 나오는 키메라는 머리는 사자, 몸은 염소, 꼬리는 뱀의 모습을 하고, 입에서는 불을 뿜는 괴물이다. 키메라는 페가수스를 타고 하늘을 나는 그리스 신화의 영웅 벨레로폰의 창을 맞고 땅속에 묻혔는데, 그 이후로도 땅속에서 계속해서 불을 뿜어 그 불꽃이 바위틈으로 새어 나오는 거라는, 다소 허무맹랑한 이야기가 있다.

신화의 사실 여부와 상관없이, 사람들은 키메라의 불꽃을 보기 위해 1,000m 정도 되는 산을 고생해서 오른다. 나도 그중 한 명이었다. 달리기를 꾸준히 해서 체력이 늘었기에 망정이지, 술과 기름진 음식으로 다져진 예전의 나였다면 숨을 헐떡이며 올라갈 높이였다.

땀을 뻘뻘 흘리며 800m쯤 올라오자 불 냄새가 나기 시작했다. 나무 장작 타는 냄새는 아니었다. 어렸을 적 과학

수업 시간에 종종 보던 에탄올 램프에 불을 붙이면 나는 냄새와 비슷했다. 냄새를 따라 더 올라가자 그룹별로 사람들이 모여 있었고, 그 가운데에는 사진으로만 봤던 키메라의 불꽃이 피어오르고 있었다.

불꽃은 실제로 보니 더 놀라웠다. 어느 바위에서는 소시지를 적당히 구워 먹을 수 있을 정도의 불꽃이, 어느 바위에서는 닭 한 마리는 충분히 구울 수 있을 만큼의 불꽃이 피어오르고 있었다. 불이 피어오르는 장소는 여섯 군데 정도였다. 우린 사람들을 피해, 가장 높은 위치에 있는 불꽃에 자리를 잡았다.

가까이서 들여다보니 더 신기했다. 내가 보고 있는 불꽃이 3,000년간 꺼지지 않았다는 사실이 믿기지 않았다. 보통의 산보다 많은 양의 메탄가스가 검출됐다는 이야기가 있긴 하지만, 이 불꽃을 설명하기엔 턱없이 부족한 근거였다. 허무맹랑한 신화를 믿는 게 더 낫겠다고 생각했다. 어차피 비현실적인 건, 내 눈앞에 보이는 불꽃이나 그리스 신화 이야기나 마찬가지였다.

"여기서 먹으면 되겠다." 불꽃 구경을 마친 우리는 가방에서 소시지와 마시멜로를 꺼냈다. 그리고 소시지를 키메라의 불꽃에 정성스럽게 굽기 시작했다. 거센 바람에 불꽃이 이리저리 흔들려 굽기가 쉽지는 않았지만, 화력도 만만치 않아서 소시지는 금세 먹기 좋게 구워졌다. 온종일 수영도 했겠다, 이곳까지 올라오느라 체력도 썼겠다, 한 입 베어 문 소시지는 그 어느 때보다 맛있었다. 다른 사람들도 기념 삼아 무언가를 구워 먹곤 했지만, 우리처럼 진심으로 저녁 식사를 한 사람은 없었다.

저녁을 마치고 나니 어느새 해가 지고 하늘이 깜깜해졌다. 하지만 우리의 주변은 불꽃으로 밝게 빛나고 있었다. 자리에 앉아 가족, 연인, 친구와 함께 키메라의 불꽃으로 캠프파이어를 즐기는 사람들을 감상했다. 지금까지도 보지 못했고, 아마, 앞으로도 이와 비슷한 풍경은 보기 힘들, 신비로우면서도 낭만적인 풍경이었다. 키메라 산의 묘한 분위기에 빠져 있는 내게, 나와 같은 시선으로 풍경을 바라보던 짝꿍이 말했다. "오늘 여기 안 왔으면 정말 큰일 날 뻔했다."

기대한 곳에서 실망감을 느끼게 되고, 전혀 기대치 않았던 곳에서 놀라움을 느끼게 되는 것. 만반의 준비를 마치고 나선 곳에서는 김이 새는 경험을 하게 되고, 마음 가볍게 도착한 곳에서는 깊이 남을 추억을 쌓게 되는 것. 하지만 그 사실을 알면서도 매번 기대하게 만드는 것. 그게 여행 아닌가 싶다.

내게 안탈리아는 그런 여행의 특성을 선명하게 보여주는 곳이었다. 많이 기대했던 안탈리아의 도심에서는 별 감흥을 느끼지 못했고, 아무 생각 없이 갔던 올림포스에서는 깊은 감명을 받았다. 실망과 놀라움이 반반 섞인 안탈리아에서의 4박 5일 뒤로 하고, 우리는 서둘러 페티예로 향했다. 세계의 3대 패러글라이딩 장소 중 하나인, 내가 그토록 '기대하고 기대하던' 욜루데니즈 패러글라이딩을 타기 위해서였다.

ANTALYA

그놈의 패러글라이딩이 뭐라고

    페티예로 떠나는 날 아침, 여유를 부렸다. 숙소 앞 카페에서 커피도 마시고, 숙소의 창문을 열면 나를 빤히 쳐다보곤 하던 골든 리트리버와 장난도 쳤다. 페티예로 가는 길에 고대 도시 테르메소스Termessos가 있었는데, 내친김에 이곳에 들렀다가 페티예로 가기로 했다. 패러글라이딩을 오후 5시로 느지막이 예약해서 서두를 필요 없었다. 천천히 움직여도 충분한 시간이었다.

    여유로운 안탈리아의 오전을 만끽한 우리는 오전 10시 30분에 테르메소스로 향했다. 해발 1,650m에 위치한 고대 도시 테르메소스는 2,000년에 유네스코 잠정 목록에 등재된 유적지다. 높은 위치에 자리 잡은 고대 도시이기에 페루의 마추픽추와 비교되기도 하는 곳이다. 이곳에 대한 정보를 샅샅이 찾아본 건 아니지만, 인터넷에 떠도는 사진만으로도 충분히 가볼 만한 가치가 있다고 생각했다. 다른 건 몰라도 산 정상에 자리 잡은 원형 극장만큼은 꼭 보고 싶었다.

안탈리아에서 30분만 가면 도착할 것으로 생각했던 테르메소스는 예상보다 멀었다. 지도에서 안내하는 목적지로부터 20분은 더 올라가야 했다. 입구에 도착한 시각은 12시, 예상했던 것보다 한 시간이나 늦은 시간이었다. 그래도 서두를 필요 없었다. 3시 전에만 출발한다면 페티예까지 무사히 도착할 수 있었다. 유적지가 아무리 넓고 복잡하다고 해도 3시간이면 다 둘러보기에, 충분한 시간이라고 생각했다.

차를 주차하고 주변을 둘러보는데 사진에서 보던 유적지는 하나도 보이지 않았다. 내 눈에 보이는 거라곤 높은 산과 울창한 숲이 전부였다. 안내 센터의 안내원 할아버지가 아니었다면, 아마 입구조차 제대로 찾지 못했을 것이다. 그는 대충 그려진 지도와는 달리 테르메소스를 제대로 탐방할 수 있도록 주요 포인트와 길을 자세히 설명했다. 테르메소스는 생각보다 넓고 볼거리가 많았다. 방금 안내해준 포인트를 다 가려면 3~4시간은 소요된다는 할아버지의 말씀에 차분했던 마음이 조금 조급해지기 시작했다.

우리의 일정을 알 리 없는 할아버지는 느긋하게 대화를 이어갔다. 어디서 왔냐는 그의 물음에 "코리아"라고 또박또박 대답했지만, 그는 알아듣지 못했다는 듯 고개를 갸우뚱했다. '리'에 강세를 실어 "코리아"라고 다시 말했더니, 그는 그제야 이해했다는 듯 활짝 웃으며 "아! 꼬레!"라고 답했다. 그는 자신의 아버지가 6.25 전쟁에 참전했다가 전사하셨다고 말했다. 그 이유 때문인지 한국에 각별한 애정을 느끼는 듯했다. 우리가 한국에서 왔다는 이유만으로, 본인이 직접 입구 근처의 유적지를 설명해주겠다며 길을 안내했으니 말이다. 그는 보통 사람들이 놓칠 만한 유적지 구석구석을 세세하게 안내했고, 사진이 잘 나올 만한 풍경이 보이면 우리 둘에게 포즈까지 지시

해가며 사진도 찍어줬다. 우리가 한국인이라서, 튀르키예와 한국이 형제 국가라서 얻은 특혜였다. 짧은 투어를 마친 나는 그에게 고개를 숙이며 "Thank you."라고 말했다. 그러자 할아버지는 "떼셰퀼레르Teşekkürler."라고 말하며 따라 해 보라고 했다. 튀르키예어로 고맙다는 표현이었다. 또박또박 발음을 따라 한 다음, 나도 그에게 "감사합니다."하고 우리말을 알려드렸다. 하지만 발음이 어려운지 길을 헤매고 있는 그의 입을 보고, 그보다 발음하기 쉬운 단어를 알려드렸다. 그는 내 발음을 듣더니 활짝 웃으며 이렇게 따라 했다. "고마워요."

할아버지의 훈훈한 가이드 투어를 마치고 나니 벌써 한 시였다. 할아버지의 설명대로라면, 광활한 테르메소스를 두 시간 만에 다 둘러보는 건 불가능한 일이었다. 마음이 조급해진 우리는 서둘러 발걸음을 옮겼다.

높은 지대에 위치해 난공불락의 요새였던 테르메소스는 몇 차례의 지진으로 인해 폐허가 됐는데, 그 영향으로 형체를 제대로 알아보기 힘든 유적지들이 아무렇게나 무너

져 있었다. 아무런 사전 정보 없이 봤으면, 모든 게 무질
서하게 쌓인 하얀 돌덩이 정도로 보였을 것이다.

다행히 안내원 할아버지의 설명이 담긴 지도 덕분에
'아, 이곳이 성벽이었구나.', '아, 이곳이 목욕탕이었구
나.', '와, 이렇게 땅을 파서 빗물을 받아 식수로 사용했구
나.'하고 짐작할 수 있었다.

하지만 대강 만들어진 지도는 한계가 있었다. 게다가 안
내 표지판도 그다지 친절하지는 않았다. 솔직히 말하면,
관광객들이 길을 잃다가 지쳐 기진맥진한 표정으로 입구
에 풀썩 주저앉아도 이상하지 않을 정도로 엉성했다.

가는 도중에 끊임없이 지도를 확인해야만 했고, 잘못된
길로 들어가 다시 돌아오기를 반복해야만 했다. 그럴 때
마다 시간은 더 지체됐고, 시간이 흐를수록 시선을 사로
잡던 웅장한 풍경과 유적지는 눈에 들어오지 않았다. 도
대체 원형 극장은 어디 있는 거야, 얼마나 더 걸어야 나타
나는 걸까, 이 길로 가면 나오기나 하는 건가, 라는 생각
이 내 머릿속을 헤집고 다닐 뿐이었다.

이쯤 하고 발걸음을 돌려야 하나 생각할 때쯤, 원형 극장은 고개를 내밀었다. 눈으로 직접 마주한 극장은 모든 걸 잊게 할 만큼 웅장한 자태를 뽐내고 있었다. 2,000명은 족히 수용할 수 있을 정도의 거대한 원형 극장 뒤로는 귈릭Güllük 산의 장엄한 풍경이 펼쳐졌다. 다른 유적지에 비해 보존이 잘 돼 있어서, 지금 당장 공연을 펼쳐도 손색이 없을 정도였다. 이곳을 찾느라 고생했지만, 충분히 고생할 만한 가치가 있는 곳이었다. 계단을 따라 무대 중앙까지 내려가 관객석을 바라보기도 하고, 허물어진 벽을 따라 걸으며 산을 바라보기도 했다. 보고 있으면서도 믿기지 않는 테르메소스 원형 극장을 마음껏 누볐다. 하지만 마음 한구석엔, 이제 곧 돌아가야 하는데, 하는 생각이 마음을 불편하게 만들었다. 시간에 쫓기지만 않았다면, 관객석에 누워 하늘도 바라보고, 짝꿍과 이런저런 이야기도 나누고, 눈을 감고 사색에 잠기기도 하며 두 시간은 족히 보냈을 것이다. 하지만 시계는 벌써 두 시를 가리키고 있었다. 이제는 정말 서둘러야 했다.

　다시 주차장으로 향하는 길, 도대체 오늘 아침에 왜 그
렇게 여유를 부렸을까, 왜 하필 내일이 아니라 오늘 패러
글라이딩을 예약했을까, 하며 나 자신을 꾸짖었다. 하지
만 탓할 사람도 없었다. 내가 스스로 만든 일정인데 누굴
탓하겠는가. 주변을 둘러볼 여유도 없이, 온 길을 그대로
따라 내려왔다. 마치 두 손에 시한폭탄을 들고 뛰는 사람
의 기분 같았다. 주차장에 도착해서 시계를 보니 3시. 뒤
도 돌아보지 않고 출발해야 할 시간이었다. 그런데 우리
가 내려오기를 기다렸는지 안내원 할아버지가 마중 나와
있었다. 자신이 알려준 걸 다 둘러보고 왔느냐 말하는 그
에게, 시간이 없어서 원형 극장 너머는 가지 못하고 돌아

167

왔다고 말했다. 그는 마치 자기 일처럼 아쉬워하며, 시간이 괜찮다면 사무실에서 차 한 잔 마시며 이야기를 나누다 가라고 하셨다. 일정이 있어서 급히 페티예로 떠나야 한다고 말하는 나 자신이 원망스러웠다. 그는 아쉬운 표정을 지으며 더 늦기 전에 어서 가라고 했다. "떼셰큘레르." 우리는 할아버지에게 고마움을 표하고 급히 자리를 떴다.

페티예로 가는 길 내내, 할아버지와 차 한 잔 마시면서 대화를 나누는 시간이 어쩌면 패러글라이딩을 타는 것보다 더 소중한 시간이었을 텐데, 하는 생각을 지울 수 없었다. 내일로 예약을 미루고, 더 여유롭게 테르메소스를 즐겼다면 어땠을까, 그게 나에겐 더 어울리는 여행이었을 텐데, 하는 생각이 머릿속을 떠나지 않았다. '패러글라이딩은 한국에서도 탈 수 있는데…. 그놈의 패러글라이딩이 뭐라고.'

정확히 다섯 시에 페티예의 숙소에 도착했다. 짐을 완전히 풀기도 전에 픽업 차량이 도착했고, 우리는 곧장 패러글라이딩을 타기 위해 욜루데니즈 해변으로 향했다. 동에 번쩍, 서에 번쩍. 내가 자초한 일이지만, 지나치게 빡빡한 일정이었다. 안탈리아에서의 여유로웠던 아침이 오늘이 아니라 한 달 전 일처럼 느껴졌다. 세 시간 동안 테르메소스를 헤매다 두 시간을 운전해서 페티예에 도착하자마자 패러글라이딩을 타러 가는 일정이라니. 도대체 패러글라이딩 따위가 뭐라고. 그게 뭐 얼마나 대단한 일이라고.

FETHIYE
절대 잊을 수 없는 하루

율루데니즈 해변 근처에 있는 여행사에 도착하니 직원이 서류 하나를 건네며 사인을 요구했다. 하라는 대로 사인을 마치고 나니 웃음이 나왔다. 어떤 내용인지 알려주지도 않고 사인을 하라는 직원도, 어떤 내용인지 묻지도 않고 사인한 나도 웃겼다. 아마, 서류엔 이런 내용이 적혀 있지 않았을까. '패러글라이딩으로 인해 발생한 사고는 온전히 본인 책임입니다.'

사인을 마친 우리는 짐을 사물함에 넣고 큰 밴에 올라탔다. 밴은 가는 길에 사람을 한 명씩 태우면서 계속해서 위쪽으로 이동했다. 우리 둘밖에 없었던 밴은 어느새 사람들로 가득했다. 자리가 다 채워진 후에도 밴은 계속해서 오르막길을 달렸다. 귀가 아플 정도로 높은 고도였고, 차한 대가 겨우 지나갈 수 있을 정도의 아슬아슬한 도로였다. 창밖을 내려다보니 끝을 알 수 없는 낭떠러지가 보였다. 마치 밴이 하늘에 아슬아슬하게 걸려 있는 외줄을 타고 있는 것만 같았다.

설렘과 긴장감을 가득 실은 밴은 울퉁불퉁한 꼬부랑길을 계속해서 올라갔다. 긴장감 때문인지, 높은 고도 때문인지, 속이 울렁거렸다. 도대체 어디까지 올라가는 걸까. 패러글라이딩이 아니라 실수로 스카이다이빙을 예약한 건 아닐까, 의심이 들 정도였다. 끝을 모르고 올라가던 밴은 마침내 멈췄다. 차에서 나와 주변의 풍경을 바라보며 잠시 넋을 놓고 있는 내게 파일럿이 말했다. "꽤 높죠? 해발 1,700m에요." 두 귀로 정확히 들었지만, 믿기지 않았다. 이렇게 높을 거라곤 예상하지 못했다. 약간의 설렘과 약간의 긴장감이 내 몸을 간지럽히기 시작했다.

큰 낙하산을 어깨에 짊어진 파일럿은 내게 손짓하며 자신을 따라오라고 했다. 나는 늠름한 그의 뒷모습을 찍기 위해 주머니에 있는 핸드폰을 꺼냈다. 그런데 뭔가가 이상했다. 나는 다시 한번 주머니를 뒤졌다. 그걸로도 모자라 주머니를 뒤집어 확인했다. 큰일이었다. 주머니에 고이 있어야만 할 중요한 물건이 사라진 것이다.

"어? 키, 자동차 키가 없는데?" 재빨리 밴으로 돌아가 내가 앉았던 자리 주변을 살폈지만, 보이지 않았다. 열쇠가 빠질 만한 틈도 샅샅이 살폈지만, 보이지 않았다. 밴을 운전하던 아저씨와 함께 밴 구석구석을 다 살폈지만, 키는 나타나지 않았다. 당황한 마음을 진정시키고 우리가 온 길을 되짚었다. '숙소에서 나와서 여행사까지 오는 픽업 차를 타고, 여행사에서 내려서 이 밴을 타고 이곳까지 왔으니까…. 밴에 없으면 여행사에 흘렸거나 여행사까지 타고 온 픽업 차량에 흘렸겠지?'

확신은 없었지만, 그 외엔 흘릴 만한 곳이 없었다. 혹시나 키를 찾지 못한다면, 이스탄불에서 빌린 렌터카 키를 페티예에서 잃어버린 거라면, 어떻게 해야 하는 걸까. 생각만 해도 아찔했다. 당황스러운 마음에 머리가 복잡해졌지만, 지금 당장은 찾을 방법이 없었다. 머리에서 차 키 생각은 지워버리고, 다시 패러글라이딩에 집중해야만 했다. 그토록 기다려왔던 패러글라이딩 아닌가. 고작, 아니, 고작이라고 말하긴 꽤 중요한 물건이지만, 차 키 때문에 오늘의 소중한 경험을 망치고 싶진 않았다. "걱정하지마. 분명 사무실에 있을 거야." 나는 우리를 안심시키는 파일럿을 따라 패러글라이딩 출발 지점으로 향했다.

출발 지점에 도착하니 설렘과 긴장 가득한 사람들이 활주로를 앞에 두고 대기하고 있었다. 그리고 활주로 중앙에는 안전 장비 체크를 마친 사람들이 이륙을 기다리고

있었다. 그 모습을 보니 실감이 났다. 설렘과 긴장 대신 아드레날린이 솟구치는 느낌이었다. 테르메소스에서의 아쉬움, 방금 잃어버린 차 키에 대한 걱정은 사라진 지 오래였다.

순서는 짝꿍이 먼저였다. 잔뜩 긴장한 얼굴로 활주로 중앙에 선 그녀는, 눈 깜짝할 새에 날기 시작했다. 얼떨결에 날아가 버린 느낌이었다. 그러더니 순식간에 저 멀리 사라져 한 마리의 새가 됐다. 짝꿍의 뒷모습을 보며 웃고 있는 내게, 내 담당 파일럿이 말했다. "Let's go."

드디어 내 차례였다. 안전 장비를 착용하고 출발 지점에 섰다. 약간 긴장하고 있는 내게 밴을 운전하던 아저씨가 다가와서 안전장치를 체크하고 내 가슴을 두드리며 말했다. "Are you ok?" 나는 긴장감을 감추고 활짝 웃으며 "Yes. I'm okay"라고 대답했다. 그러자 아저씨가 내 가슴을 한 번 더 치며 외쳤다. "Run! Run! Run!"

나는 아저씨의 구령에 맞춰 반사적으로 앞으로 달려 나갔다. 발을 얼마 구르지도 않았는데, 지상에 붙어 있던 두 발은 어느새 허공을 구르고 있었다. 아래를 내려다보니 활주로가 점점 멀어지고 있었다. 나는 하늘을 날고 있었다. 제대로 마음의 준비를 마치기도 전에 날아버려서, 얼떨떨한 마음이었다. 현실과 비현실의 경계를 뚫고 비현실의 세계에 들어온 기분이었다.

세계 3대 패러글라이딩이라는 주변의 말에 많이 기대했지만, 내 기대는 한참 못 미쳤다. 훨씬 더 기대했어야 했다. 왜 전 세계 사람들이 이곳에 와서 패러글라이딩을 타는지, 왜 굳이 이곳에 '세계 3대'라는 타이틀을 달아줬는지 그 이유를 알 수 있었다. 시선을 한 곳에 고정할 수 없을 정도로 아름다운 풍경이었다. 미쳤다는 말 외엔 달리 할 말이 없는, 정말 말도 안 되는 풍경이었다. 내 정면엔 이글거리는 해가 구름 사이에 걸려 있었고, 내 아래엔 장엄한 산과 에메랄드빛의 해변이 빛나고 있었다. 패러글라이딩이 수놓은 하늘의 모습도 장관이었다. 마치 거대한 새가 날개를 활짝 펴고 날아다니는 것만 같았다. 파일럿이 패러글라이딩을 좌우로 움직일 때마다 약간의 울렁이는 느낌과 함께 새로운 풍경이 펼쳐졌다.

아직도 현실의 경계로 넘어오지 못하고 기가 막힌 풍경

을 감상하고 있는 내게, 파일럿은 스릴 넘치는 묘기를 원하냐고 물었다. 조금 긴장되긴 했지만, 하지 않을 이유가 없었다. 준비됐다는 내 말이 끝나기가 무섭게 패러글라이딩은 시계의 시계추처럼 좌우로 왔다 갔다 움직였다. 태어나서 한 번도 느껴보지 못한 스릴이었다. 큰 폭으로 움직이고 있는 건지, 360도로 돌고 있는 건지, 아니면 거꾸로 날고 있기라도 한 건지 알 수가 없었다. 놀이기구에서는 단 한 번도 느껴보지 못한, 차원이 다른 스릴이었다. 이제 그만 됐다며 애걸하려던 찰나에 그는 묘기를 멈췄다. 10분 같은 10초였다. 패러글라이딩을 타는 게 현실과 비현실의 경계를 뚫는 일이었다면, 방금의 묘기는 육체와 영혼이 분리되어 있다는 사실을 자각하는 일이었다.

온몸의 감각을 일깨워준 묘기가 끝나고 10분 정도가 지났으려나. 몸이 점점 이상해지는 게 느껴졌다. 이마엔 식은땀이 흐르기 시작했고, 얼굴이 창백해졌다. 멀미였다. 지독한 숙취에 시달릴 때의 느낌이었다. 멀미 따위에 중요한 순간을 놓치고 싶지 않았던 나는, 아름다운 풍경을 놓치지 않기 위해 심호흡으로 울렁거리는 속을 진정시켰다. 하늘에 떠 있는 구름을 만져 보기도 하고, 눈앞에 있는 태양에 집중하며 명상을 시도하기도 했다. 하지만 멀미는 점점 심해졌다.

출발한 지 30분은 훨씬 넘은 거 같은데 여전히 패러글라이딩은 중천에 떠 있었다. 이제는 충분히 봤으니 내려가도 괜찮다고 생각했지만, 패러글라이딩은 내려갈 생각이 없어 보였다. 목구멍으로 치밀어 오르는 무언가를 억누르며 나 자신과 싸우는 사이, 지상은 점점 가까워졌다. 패러글라이딩을 타다가 하늘에서 토사물을 쏟아낸 우스꽝스러운 관광객이 될 뻔했지만, 다행히도 그런 일은 일어나지 않았다. 손발은 저리고, 얼굴은 식은땀으로 범벅이 될 때쯤, 나는 지상에 착륙할 수 있었다. 착륙 후 일어나라는 파일럿의 말에 벌떡 일어서려고 했지만, 다리에 힘이 풀려 비틀거리다 엉덩방아를 찧고 말았다. 울렁거리는 속을 진정시키려고 심호흡을 하며 제자리 뛰기를 하고 있는데, 나보다 먼저 도착한 짝꿍이 키득거리며 영상을 찍고 있었다. 속이 좀 진정되고 나니, 방금 내가 했던 경험, 전에도 없었고 앞으로 없을 유일무이한 경험에 대한 흥분감이 되살아났다. 정말 환상적인 경험이었다.

다시 여행사 사무실로 돌아오니, 흥분하느라 잊고 있었던 자동차 키의 부재가 떠올랐다. 짐을 맡겨놨던 사물함을 뒤지고, 가방 속까지 샅샅이 뒤졌다. 하지만 키는 나오지 않았다. 우리가 탔던 밴을 한 번만 더 확인해줄 수 있냐는 부탁에 운전기사 아저씨가 밴을 뒤졌지만, 역시나 키는 나타나지 않았다.

그렇다면 남은 건, 숙소에서 이곳까지 올 때 탔던 픽업 차량이었다. 당연히 이곳에 있을 거라 굳게 믿고 차 문을 열고 내 자리를 살폈다. 키가 덩그러니 놓여 있어야만 할 자리엔 아무것도 없었다. 좌석을 뒤로 당겨 바닥까지 샅샅이 살폈지만, 오래된 쓰레기 말고는 아무것도 없었다. 있을 리가 없는 운전석, 뒷좌석까지 모두 살폈지만, 키는 나오지 않았다. 직원은 혹시 집에 두고 온 게 아니냐고 물었지만, 그럴 리는 없었다. 차를 타고 오기 전, 주머니에 키가 있는 걸 분명히 확인했기 때문이다.

이스탄불에서 빌린 렌터카의 자동차 키를 페티예에서 잃어버린 거라면, 어떻게 해야 하는 걸까. 비행기를 타고 이스탄불로 가야 하는 걸까? 아니면 그들이 차를 타고 이곳으로 오는 걸까. 차 키를 만들어주는 업체가 따로 있는 걸까? 이런 상황을 한 번도 겪은 적이 없는 나로선, 도대체 어떻게 해야 하는 건지 감을 잡을 수가 없었다. 하나 확실한 건, 우리가 지금 굉장히 곤란한 상황에 빠졌다는 사실이었다. 온갖 걱정으로 머리가 복잡해졌다. 그런데 그때, 저 멀리서 누군가가 손을 번쩍 들고 큰 소리로 외쳤다. "여기 있어요."

밴을 운전하던 운전기사 아저씨였다. 그는 활짝 웃으며 손가락으로 집은 키를 흔들고 있었다. 나는 그 모습을 보고 환호성을 질렀다. 패러글라이딩이 이륙했을 때의 흥분과 맞먹는 감정이었다. 어디서 찾았냐는 내 질문에, 혹시 몰라 밴의 트렁크를 열었더니 그곳에 키가 있었다고 했다. 워낙 높고 험한 산을 오르다 보니 주머니에서 빠진 키가 뒤로 굴러가서 트렁크로 빠진 것이다.

'아, 살았다….' 그제야 모든 긴장이 풀리면서 활짝 웃을 수 있었다. 하늘에서 한 번, 지상에서 한 번, 두 번의 스릴 넘치는 경험을 한 나는, 아저씨에게 거듭 고맙다는 말을 전했다.

집으로 돌아오는 길, 오늘 하루를 돌이켜 봤다. 안탈리아에서 테르메소스로, 테르메소스에서 페티예로, 페티예에 도착하자마자 패러글라이딩까지. 후회하고, 고생하고, 설레고, 황홀하고, 안도했던 하루였다. 오만 감정이 뒤섞였던 하루였다. 그래서 나는, 오늘 하루를 절대 잊을 수 없을 것 같다.

FETHIYE
지중해 최고의 휴양지

페티예는 내가 생각하는 휴양지의 표본이었다. 눈앞에
는 바다가 보였고, 고개를 뒤로 돌리면 산이 보였다. 마을
은 한적했지만, 편의 시설과 레스토랑은 가까이 있었다.
물가 또한 훌륭했다. 가격을 보지 않고 음식을 주문할 수
있을 정도로 저렴했다. 숙소도 완벽했다. 1박에 고작 3만
원이었는데, 높은 지대에 위치해서 테라스로 나오면 페티
예 마을 너머로 바다가 보였다. 주변에 산이 있어서 그런
지 습하지 않아서 한여름인데도 선풍기를 틀 필요가 없었
다. 페티예는 정말 완벽한 마을이었다. 그런데 더할 나위
없는 마을에 치명적인 매력이 하나 더 있었으니, 그건 바
로 블루 라군Kumburnu Plaji이었다.

다음 날 우린 패러글라이딩의 짙은 여운을 여전히 간직한 채 욜루데니즈 해변으로 향했다. 어제 하늘에서 내려다봤던 바로 그 해변이었다. 해변에 도착하자마자 탄성이 터져 나왔다. 에메랄드빛 바다가 넘실거리고 있었기 때문이다. 안탈리아의 올림포스 해변에서 본 바다보다 더 선명한 에메랄드빛이었다. 그런데 문제는 바람이 너무 거세게 불었다는 것이다. 바다에 있는 쓰레기가 날아다니다 내 얼굴을 때렸다. 용기 내서 바다에 들어가는 몇몇 사람들이 있었지만, 거센 파도에 휩쓸려 정신을 못 차리고 고개를 세차게 흔들며 나올 뿐이었다. 조금 기다리면 파도가 잠잠해지겠거니 했지만, 시간이 지날수록 바람은 점점 더 거세졌다.

바다에 몸 한 번 못 담그고 숙소로 돌아가야 한다는 생각에 망연자실한 나는, 왼쪽으로 한 번, 오른쪽으로 한 번 고개를 돌렸다. 그런데 이상하게도 오른쪽으로 갈수록 파도가 잔잔해지는 것 같았다. 그쪽만 파도가 잔잔할 리 없다는 걸 알면서도, 아쉬움에 한 번 걸어가 보기로 했다.

해변의 오른쪽 끝에 가까워질수록 선베드에 누워있는

사람들의 수가 늘어났다. 바람은 여전히 많이 불었지만, 신기하게도 파도는 잔잔했다. 노인부터 꼬마 아이까지, 안전하게 수영할 수 있을 정도였다. 바다가 아니라 호수라고 해도 이상하지 않을 정도의 잔잔함이었다. 우리가 있던 곳을 돌아봤다. 뭐가 그렇게 억울한지, 성난 파도는 여전히 자갈을 거칠게 때리고 있었다. 다시 고개를 돌려 눈앞에 있는 바다를 봤다. 조용하고 부드럽게 철썩, 철썩 소리를 내며 자갈을 어루만지고 있었다. 같은 바다인데 어떻게 이럴 수 있는지 믿을 수 없었다.

우리가 도착한 곳은 블루라군이었다. 기가 막힌 장소를 찾아냈다는 사실에 흥분한 우리는 바다 앞의 선베드에 짐을 놓고 바다에 몸을 던졌다. 잔잔하고 따뜻했다. 사람도 많지 않아 어느 방해도 받지 않고 자유를 만끽하며 수영할 수 있었다. 뭍에서 200m 정도 떨어져 있는 곳에 작은 섬이 있었는데, 그곳까지 수영해서 갔더니 맑은 바닷물 속에서 헤엄치는 물고기 떼가 보였다. 피라미처럼 작은 물고기도 보였고, 요리를 해도 되겠다 싶을 정도로 큰 물고기도 있었다. 힘이 들면 배를 뒤집어 잔잔한 파도에 몸

을 맡겼고, 힘이 생기면 다시 물고기들을 친구 삼아 수영
했다. 지치면 선베드로 돌아와 낮잠을 잤고, 일어나면 또
다시 바다에 몸을 맡겼다. 내가 이런 바다를 언제 다시 볼
수 있을까, 생각하니 벌써 아쉬웠다. 마치 내일이 없는 사
람처럼, 우리는 내일이면 볼 수 없는 바다를 미련 없이 즐
겼다. 갑자기 폭우가 쏟아지지 않았더라면, 아마 해가 질
때까지 머물렀을 것이다.

"튀르키예에서 산다면, 나는 페티예에서 살고 싶어. 딱 이곳에서." 늦은 밤, 숙소의 테라스에서 반짝거리는 마을과 바다를 내려다보며 짝꿍에게 말했다. 2박 3일의 일정이 아쉬울 정도로 완벽한 페티예였다. 숙소도, 산도, 바다도, 마을도, 패러글라이딩도, 모두 완벽했다. 다음엔 다른 곳을 건너뛰더라도 이곳에 더 오래 머물자고 다짐하며, 우린 다음 목적지, 파묵칼레Pamukkale로 이동했다.

PAMUKKALE

행운과 불운 사이

튀르키예어로 '파묵'은 '목화', '칼레'는 '성'을 뜻한다. 목화로 뒤덮인 성 같다고 해서 '목화 성'이라고 이름 붙여진 파묵칼레는 자연이 만든 새하얀 석회붕이 계단처럼 층층이 쌓여 신비로운 분위기를 연출하는 곳이다. 기원전 190년부터 시작된 고대 도시 히에라폴리스Hierapolis도 이곳에 오면 꼭 들러야 하는 곳이다. 2만여 명을 수용할 수 있는 원형 극장은 히에라폴리스의 하이라이트다.

하지만 둘 다 썩 기대되는 곳은 아니었다. 파묵칼레가 아무리 멋있는 자연이라고는 하지만, 카파도키아에서 그 어디와도 비교할 수 없는 자연을 봤고, 고대 도시는 테르메소스에서 이미 체험했기 때문이다. 물론 자연적 가치와 역사적 가치는 다르겠지만, 나의 흥미를 끌진 못했다.

파묵칼레는 다음 목적지인 이즈미르로 이동하기 전에 잠깐 머무는 경유지 정도로 생각했다. 그래도 이곳의 숙소엔 큰 기대를 하고 있었다. 여행의 중반을 넘어가는 이 시점에서, 피로가 쌓인 몸을 제대로 풀어야 할 필요가 있다고 생각했다. 그래서 반신 욕조가 있는 숙소를 찾아 1박에 5만 원 정도를 내고 이틀간 예약했다. 그동안 우리가 지낸 숙소보다 약간 비싼 금액이었지만, 객실에 반신 욕조가 있다는 것 하나만으로도 이 숙소를 예약해야만 하는 충분한 이유가 될 수 있었다.

숙소에 도착하니, 리셉션에 있는 호스트가 직접 방까지 따라와 숙소의 이용 방법을 설명했다. 굳이 설명이 필요한 곳인가, 하는 생각이 들 정도로 평범한 호텔이었다. 그런데 특별함은 화장실에 있었다. 화장실 문을 열고 들어가 반신 욕조에 대한 설명을 들은 나는 깜짝 놀랐다. 반신 욕조에서 나오는 물은 수돗물이 아니라 파묵칼레의 천연 온천수였기 때문이다. 천연 온천수를 이런 후미진 호텔에서 어떻게 끌어 올리는 건지 믿기지 않았다. 더 놀라운 건, 전 객실마다 온천 시설이 갖춰져 있다는 사실이었다. 그뿐만이 아니었다. 야외 수영장 옆에는 파묵칼레 온천의 단면을 똑 떼어온 것만 같은 천연 온천이 있었다. 창밖을 보니 여섯 사람 정도는 충분히 앉을 수 있는 천연 온천에서 김이 모락모락 피어오르고 있었다.

하지만 크나큰 문제가 있었다. 문제는 숙소가 아니라 우리의 몸 상태였다. 반신욕을 위해서 이 숙소를 예약했지만, 반신욕은커녕 발 하나도 물에 담글 수 없는 상태였다. 온몸이 벌겋게 달아올라 화끈거렸기 때문이다. 블루라군의 뜨거운 볕을 온몸으로 받으며 놀다가 얻은 영광의 화상이었다. 아쉬움은 이루 말할 수 없었다. 그냥 반신욕도 아니고, 천연 온천수를 누릴 기회를 스스로 박탈해버린 것이다. 화장실에 들어갈 때마다 안타까운 마음에 괜히 쓰지도 않을 온천수를 틀어봤지만, 콸콸 쏟아지는 물을 보면 안타까운 마음만 더 커질 뿐이었다.

호스트는 이 마을엔 레드 파묵칼레, 화이트 파묵칼레, 이렇게 두 개의 파묵칼레가 있다고 했다. 새하얀 파묵칼레는 워낙 유명해서 알고 있었지만, 숙소에서 넘어지면 코 닿을 거리에 있는 레드 파묵칼레의 존재는 전혀 모르고 있었다. 우린 온천은 글렀으니 산책이라도 할 겸 레드 파묵칼레에 다녀오기로 했다.

파묵칼레는 온천수가 석회암을 뚫고 나와 그 물이 아래로 흘러 웅덩이를 만들고, 그 웅덩이에서 흐른 물이 또 다른 웅덩이를 만드는 과정을 반복해서 만들어진 신기한 자연물이었다. 실제로 보니 자연물이라고는 믿기지 않을 정도로 정교했다. 마치 인간이 만든 위대한 조각물 같았다.

아쉬운 마음에 발이라도 담가볼까 하고 조심스레 발가락부터 서서히 담갔는데 생각보다 견딜 만했다. 물 온도는 생각보다 미지근했다. 레드 파묵칼레는 37도, 화이트 파묵칼레는 45도 정도라고 했던 호스트의 설명이 떠올랐다.

그래도 조금은 화끈거리는 피부 때문에 최대한 조심스럽게 걸었다. 어기적어기적 걷는 내 주변엔, 얕고 따뜻한 물웅덩이에서 신나게 뒹구는 꼬마 아이들이 있었다. 그 아이들의 자유로움이 얼마나 부럽던지.

다음날, 히에라폴리스를 탐방했다. 그새 날씨가 더워진 건지, 이 지역의 날씨가 더운 건지, 해는 우리의 정수리까지 태워버릴 기세였다. 땀을 뻘뻘 흘리며 히에라폴리스의 구석구석을 다니다, 이곳의 하이라이트라고 하는 원형 극장에 도착했다.

물론 멋있긴 했지만, 높은 산에 자리 잡은 테르메소스의 원형 극장에 비할 바는 아니었다. 아마 튀르키예 여행의 시작점이 이곳이었다면, 나는 입을 다물지 못했을 것이다. 하지만 걷다 보면 발에 차이는 게 유적지인 튀르키예를 오래 여행하다 보니, 감동의 역치가 커진 탓이었다.

이 도시의 하이라이트라고 할 수 있는 화이트 파묵칼레는 원형 극장에서 멀지 않았다. 출구 쪽으로 걷다 보니, 레드 파묵칼레와 비교할 수 없을 정도로 큰 화이트 파묵칼레가 나타났다. 나는 그 광경을 보고 입을 떡 벌릴 수밖에 없었다. 그리 많지 않은 물웅덩이에 발을 담그고자 하는 사람들로 인산인해를 이루고 있었기 때문이다. 내가 사람을 보러 온 건지, 파묵칼레를 보러 온 건지 헷갈릴 정도였다. 이건 아니다 싶어 사람들을 피해 인적이 드문 곳으로 도망쳐 화이트 파묵칼레를 조용히 감상했다. 아쉽게도 사진에서 보던 에메랄드빛 온천수가 가득한 모습은 아니었다. 지금의 모습은 마치 새하얀 달의 표면 같았다.

뒤늦게 알게 된 사실인데, 많은 관광객과 잦은 개발로 인해 해마다 온천수가 줄어들고 있다고 했다. 아이들이 깔깔거리며 몸을 담그고 있는 지금의 물웅덩이도 언젠가는 전부 메말라버리겠지, 하는 생각에 안타까운 마음이 생겼다. 그러다 벌떡 일어나 부리나케 발걸음을 옮겼다. 이대로 더 있다간, 더 익을 곳도 없는 내 몸이 녹아버릴 것만 같았기 때문이었다. 정말 지독한 더위였다.

　튀르키예엔 도대체 비가 오기나 하는 걸까. 파묵칼레는
비 한 방울 내리지 않는 사막이나 다름없었다. 숙소로 돌
아와 열을 식히고 숙소 근처의 시장으로 향했다. 저녁을
먹고, 몸의 열을 식혀줄 알로에 젤을 사고, 향신료를 파는
할아버지로부터 갖가지 향신료를 사서 숙소로 돌아가는
길, 어제 맛있게 먹었던 로쿰 가게에 다시 들렀다. 로쿰의
본고장이라고 알려진 사프란볼루에서 먹은 것보다 훨씬
맛있는 로쿰이었다. 공장에서 찍어낸 걸 파는 다른 가게
와 달리, 사장님의 동생이 손수 만든 로쿰이라 맛이 다양

했다. 우리가 주문한 로쿰을 사장님이 분주하게 포장하는 사이, 갑자기 비가 내리기 시작했다. 또 찔끔 오다 말겠거니 했는데 빗줄기는 점점 더 굵어졌다. 로쿰을 포장하던 사장님은 밖으로 나가 로쿰이 젖지 않도록 그 위에 방수포를 덮었다. 내가 "튀르키예에서 이렇게 비가 많이 온 적은 처음이에요."라고 말했더니 사장님은 "이런 비는 이 지역에서 흔치 않아요. 당신 참 운이 좋네요You are lucky." 라고 말했다.

튀르키예에서 처음 보는 폭우였다. 시원하게 내리는 비를 보고 있으니 내 마음까지 시원해지는 기분이었다. 그런데 포장이 다 끝날 때까지 비는 그칠 생각을 하지 않았다. 숙소까지 15분은 걸어야 하는데, 이 상태로라면 옷은 물론 들고 있던 카메라, 가방 그리고 방금 포장을 마친 로쿰까지 모두 젖을 상황이었다. 사장님은 오늘 로쿰을 많이 팔아서 기분이 좋으신지, 활짝 웃으며 비가 그칠 때까지 이곳을 집처럼 써도 된다고 하셨다. 그리고 비를 퍼붓는 하늘을 보며 아까 했던 말을 정정했다. "당신 참 운이 없네요You are unlucky."

비가 곧 멈출 거라는 보장도 없고, 이대로 가게에서 저녁을 보낼 순 없었기에 사장님에게 비닐봉지를 빌려 가지고 있던 물건을 꽁꽁 싸맸다. 숙소까지 비를 맞으며 걸어가기로 한 것이다. 처음에는 비를 조금이라도 덜 맞으려고 뛰었지만, 이내 뜀박질을 멈추고 천천히 걷기 시작했다. 뛰나 걸으나, 젖는 건 매한가지였다. 숙소에 도착하니 옷은 흠뻑 젖었지만, 비닐봉지로 잘 싸맨 덕분에 소중한 물건들은 지킬 수 있었다. 숙소로 올라와 로쿰을 하나 주워 먹고 창밖을 내다봤다. 조금 멎긴 했지만, 여전히 비가 내리고 있었다. 비 덕분에 기온이 좀 내려가서인지, 수영장 옆에 있는 야외 온천탕에서는 김이 모락모락 나고 있었다. 밖을 멍하니 쳐다보고 있다가 갑자기 이런 생각이 들었다. '물 온도가 좀 내려가서 들어가도 괜찮지 않을까?'

파묵칼레에서의 마지막 날이었다. 이대로 온천수에 몸한 번 못 담가보고 간다면 두고두고 후회될 것 같았다. 온몸이 타는 느낌을 몇 초만 참고, 머리끝까지 몸을 담그고 바로 나올 생각이었다. 해보고 싶은 건 꼭 해봐야 하는 성격을 막을 순 없었다. 우린 수영복으로 갈아입고, 비가 내리는 야외 수영장으로 향했다. 그리고 비가 와서 더 차가워진 수영장에 벌겋게 달아오른 몸을 담가 열을 식힌 다음, 온천에 가서 조심히 발을 담갔다. 종아리가 살짝 뜨거워지는 느낌이었지만, 나쁘지 않았다. 나는 무식함 또는 용기를 발휘해 몸을 온천에 푹 담갔다. '으어어어어….' 나도 모르게 곡소리가 나왔다. 뜨겁지 않았다. 따뜻했다. 비가 계속 내려 물의 온도를 적당히 낮춰준 것이다. 긴장하고 있던 몸이 축 늘어지며, 쌓여 있던 피로가 스르르 풀리는 느낌이었다.

비 오는 날의 파묵칼레 온천이라니. 빗방울이 굵어졌다 가늘어졌다, 리듬과 박자를 바꿔가며 온천탕의 물을 때리니 그게 마치 음악 소리 같았다. 빗방울이 만들어내는 음악 소리를 들으며 김이 모락모락 피어오르는 온천탕에 앉아 있으니, 무릉도원이 따로 없었다. 지치면 차가운 수영장으로 들어가 몸을 식히고, 또다시 온천으로 들어와 몸을 녹였다. 어제만 해도 온천을 즐긴다는 건 꿈도 못 꿨는데, 갑자기 내린 소나기 덕분에 두고두고 남을 뻔한 미련을 지울 수 있었다. 'Unlucky'라고 생각했던 소나기가 'Lucky'였던 것이다.

왜 갑자기 안 오던 비가 오고 난리야, 라고 불평하며 남은 시간을 숙소에서 보냈다면, 소나기는 계속해서 불운으로 남았을 것이다. 하지만 밖으로 나가 온천탕에 몸을 담그겠다는 선택을 했기에 소나기는 행운이 될 수 있었다. 이렇게 보면, 행운과 불운은 환경이 만드는 게 아니라, 주어진 환경 속에서 내린 나의 '선택'이 만드는 것 같다.

'Lucky'와 'Unlucky'를 가르는 건, 환경이 아니라 선택이 만든다는 것. 내내 이어졌던 폭염, 갑작스러운 폭우, 그리고 벌겋게 달아오른 내 몸이 충돌하며 만들어낸 귀한 깨달음이었다.

IZMIR
어느 산골 마을의 숙소

"안녕하세요. 예약해주신 숙소에 문제가 생겨서요. 취소 부탁드립니다."

이스탄불 다음으로 큰 항구도시인 이즈미르Izmir로 갈 예정이었다. 그런데 예약한 이즈미르의 숙소에서 이해할 수 없는 메시지를 받았다. 도대체 무슨 문제인지는 모르겠지만, 체크인 이틀 전에 일방적으로 취소를 요구하니 기분이 좋을 수가 없었다. 게다가 숙소 예약 앱의 규정에 따라 본인이 취소하면 페널티가 발생한다며, 내게 직접 환불을 요청하라고 했다. 책임을 남에게 전가하는 그의 태도 때문에 내 기분은 더 나빠졌다. 괜히 더 감정 소모할 필요 없다는 생각에 내가 직접 취소 요청을 보냈다. 예약 버튼은 3초면 찾을 수 있게 해놨으면서, 예약 취소 절차는 왜 그리도 복잡하게 만들어 놓은 걸까. 어쨌든 상황이 이렇게 됐으니, 언짢은 기분을 가라앉히고 재빨리 다른 숙소를 찾아야만 했다.

원래 예약했던 숙소는 이즈미르의 도심 한가운데 있는 곳이었다. 저렴하지만, 꽤 넓은 숙소였다. 게다가 작은 테라스에서는 이즈미르의 바다를 볼 수 있어 더 바랄 게 없는 집이었다. 이보다 더 나은 집을 찾는 게 쉽지는 않았다. 체크인 시간이 코앞이라 숙소가 많지 않았기 때문이다. 좋은데 비싸거나, 싸지만, 그거 말곤 별 볼 일 없는 숙소가 대부분이었다. 그런데 내 눈을 의심하게 하는 숙소가 하나 눈에 띄었다. 무려 3층 집인데 고기를 구워 먹을 수 있는 화덕과 커다란 마당이 구비된 곳이었다. 믿기지는 않지만, 이 모든 걸 단독으로 사용할 수 있는 곳이었다. 호스트의 설명에 따르면, 상쾌한 공기와 아침에 지저귀는 새소리 때문에 늦잠을 잘 수 없는 곳이라고 했다. 가장 놀라운 건, 가격이었다. 이 놀라운 숙소의 하루 숙박비는 한화로 2만 원 정도였다.

경험상 훌륭한 상품이나 서비스를 말도 안 되는 가격에
제공하는 사람들은 보통 사기꾼이었는데, 이 정도면 집에
큰 결함이 있거나, 숙소 주인이 사기꾼이거나, 둘 중 하나
였다. 굳이 단점을 하나 꼽자면, 숙소가 도심과 20분 정
도 떨어진 산골에 있다는 것인데, 그건 문제가 아니었다.
복잡한 도심보다는 한적한 시골에서 묵기를 원했던 우리
에겐 그것마저도 장점이었다. 이곳이 아니면 마땅한 대안
도 없었다. 나는 호스트가 설명한 모습의 절반만 돼도 충
분하다는 생각으로 숙소를 예약했다.

이른 아침, 인생 최고의 온천을 선물해준 숙소에서 상다
리가 부러질 정도로 푸짐한 조식을 먹은 우리는, 셀추크
를 거쳐 이즈미르로 향했다. 튀르키예에서 가장 인구밀도
가 높다는 이즈미르는 이스탄불, 앙카라에 이어 세 번째
로 큰 도시다. 내가 느끼기엔 튀르키예의 전통적인 느낌
보다는 유럽의 향기가 물씬 풍기는 도시였다. 터키쉬 커
피보다 에스프레소를 파는 카페를 더 많이 볼 수 있었고,
레스토랑에는 말끔하게 차려입은 사람들이 앉아 스테이

크와 파스타를 즐기고 있었다. 물론 우리가 본 건 이즈미르 도심의 단면이겠지만, 내가 느낀 이즈미르는 단정하고 세련된 도시였다. 어쨌든, 사람들이 북적거리는 도심을 돌아다니다 저녁에 마실 와인 한 병과 간단한 요기 거리를 사서 숙소로 향했다.

숙소는 설명 그대로 산골 마을에 있었다. 고속도로를 달리다 갑자기 우회전하라는 내비게이션의 안내에 따라 오른쪽의 샛길로 빠졌다. 그 길을 따라 5분 정도 올라가니 작은 마을이 나타났다. 어렸을 적 내가 살던 시골 마을과 비슷한 느낌이었다. 작은 집들이 옹기종기 모여 있었고, 울퉁불퉁한 골목에서 꼬마 아이들이 축구를 하고 있었다. 숙소 위치를 제대로 확인하지 않아서 한참을 헤매고 있으니, 골목에서 축구를 하던 아이들이 단체로 몰려와 알 수 없는 말을 했다. 아마, 길을 헤매는 나에게 길을 알려주는 듯했지만, 도무지 말을 알아들을 수가 없어서 그냥 웃으며 고맙다는 말만 했다. 숙소는 그 아이들을 만난 곳에서 300m 정도를 더 올라간 곳에 있었다. 산골 마을 중에서도 거의 꼭대기에 위치한 숙소였다.

차를 주차하고 짐을 꺼내 숙소로 들어가려는데 갑자기 어디선가 개 두 마리가 꼬리를 흔들며 다가왔다. 몸은 검은색 털, 눈 위에는 갈색 점이 있는 귀여운 녀석들이었다. 마치 주인이 온 것처럼 반기는 녀석들의 환영을 받으며 문을 열고 집으로 들어갔다.

사진으로 보던 넓은 마당과 화덕이 보였다. 신발장엔 흙이 잔뜩 묻은 신발들이 있는 걸로 봐서, 집주인이 가끔 별장으로 쓰는 듯했다. 집은 정말 3층이었는데, 둘이 쓰기엔 지나치게 넓고 높은 공간이었다. 1층엔 주방과 화장실 그리고 작은 거실이 두 개나 있었고, 2층엔 커다란 벽난로가 있는 거실이 있었다. 그리고 3층엔 침실 두 개와 작은 화장실, 의자만 하나 덜렁 있는 여분의 방이 있었다. 두 명이 아니라 열 명이 써도 충분한 공간이었다.

썰렁한 느낌이 들 정도로 넓은 집을 훑고 나니, 어느새 어둠이 찾아왔다. 인적이 드문 산골 마을의 밤은 소름 끼치게 조용했다. 풀벌레 소리와 개 짖는 소리, 아주 가끔 지나다니는 자동차 소리가 들릴 뿐이었다. 1층의 거실은 통유리로 돼 있었는데, 거실에서 밖을 바라보면 유리에 비친 내 모습 말고는 아무것도 보이지 않았다. 정말 칠흑 같은 어둠이었다.

이 마을이 어떤 마을인지, 이 마을엔 어떤 사람들이 살고 있는지, 아무런 정보가 없었다. 차에서 짐을 빼는데, 높은 트랙터 위에서 나를 빤히 쳐다보던 아저씨가 떠올랐다. 외국인에게 호의를 보이는 도시 사람들의 시선과 달랐다. 불청객을 못마땅한 모습으로 쳐다보는 듯한 눈초리였다.. 물론 모든 건 경계심이 발동한 나의 착각이었을 것이다.

마음만 먹으면 아이도 뛰어넘을 수 있는 허술한 철조망이 괜히 신경 쓰였다. 집에 있는 수많은 문과 창문이 잘 잠겼는지 확인했다. 그리고 혹시나 모를 상황에 대비해 벽난로 옆에 있던 쇠 지렛대를 챙겼다. 그리고 허공에 휙휙 휘둘렀다. 이 정도면 혹시 모를 상황에 충분히 대응할 수 있겠다고 생각했다. 우릴 반기던 개들은 인기척이 날 때마다 왈왈 짖었다. 그 소리가 괜히 든든하게 느껴졌다.

문이 철저히 잠겼는지 다시 한번 확인한 우리는, 침실로 가기 위해 위층으로 향했다. 밤이 찾아온 숙소는 분위기가 오싹했다. 벽난로가 있는 2층은 공포 영화의 로케이션으로 쓰기에도 부족함이 없는 곳이었다. 벽난로 옆에 무질서하게 놓인 장작들, 뭐 하는 데 쓰려고 가져다 놨는지 모를 사냥용 활, 온갖 공구들을 모아 놓은 창고가 무서운 분위기를 연출했다. 여기에 순록의 머리만 벽에 걸려 있었다면 완벽했을 것이다.

삐걱거리는 계단을 한 층 더 올라 3층에 도착했다. 방문을 열 때마다 짙은 어둠 속에서 뭐라도 불쑥 튀어나올 것 같은 공포감이 엄습했다. 두 개의 침실 중 하나를 고르고, 나머지 방은 문을 꼭 닫았다. 그리고 침실로 들어와 침대에 누웠다. 탁상용 조명 따윈 없었다. 불을 끄니 완전한 어둠이 찾아왔다. 백색소음이 크게 느껴질 정도의 적막이었다. 몸은 피곤한데 이상하게 잠은 오지 않았다. 바닥에 놓은 쇠 지렛대를 한 번 쳐다보고, 옆에 있는 짝꿍을 한 번 쳐다봤다. 무섭던 짝꿍은 어느새 자고 있었다. 마당의 개가 짖기 시작했다. 도대체 무슨 일인 걸까…. 누가 이 시간에 돌아다니길래 개들이 짖는 걸까…. 문은 제대로 잠겨 있겠지…. 혹시….

언제 잠이 들었던 걸까. 아름답게 지저귀는 새소리에 잠을 깬 나는, 눈 부신 햇살에 눈을 떴다. 시계를 확인하니 6시였다. '상쾌한 공기와 아침에 지저귀는 새소리 때문에 늦잠을 잘 수 없을 겁니다.' 호스트의 말이 맞았다. 누운 상태로 고개를 돌려 창밖을 봤다. 어제와 달리 숙소를 둘러싼 풍경은 찬란하게 빛나고 있었다.

짝꿍이 깨지 않게 조용히 일어나 방에 딸린 테라스로 나갔다. 여차하면 무너질 것 같은 엉성한 테라스 바닥과 달리, 눈 앞에 펼쳐진 풍경은 완벽했다. 시원하고 상쾌한 산 공기가 코로 훅 들어왔다. 머리가 맑아지면서 남아 있던 잠이 달아났다. 가볍게 몸을 풀고, 다시 침대로 돌아와 천장을 보니 블라인드가 창문을 가리고 있었다. 일어나서 블라인드를 걷고 다시 누워 천장을 쳐다보니, 파란 하늘에 소나무가 살랑살랑 춤을 추고 있었다.

더 잠을 자기는 힘들 듯해서 1층으로 내려가 커피를 내렸다. 그리고 테라스로 나가 산이 정면으로 보이는 의자에 앉았다. 하늘에 걸려 있는 해와 마을을 안고 있는 산을 보며 마시는 커피는 그 어느 때 보다 맛있었다. 이른 아침

의 여유를 즐기고 있으니, 우릴 반기던 개가 꼬리를 살랑
거리며 아침 인사를 했다. 개의 정체가 궁금해 집주인에
게 물었더니, 자신이 키우는 개라고 했다. 녀석의 이름은
제우스였다.

"와…." 짝꿍도 늦잠을 잘 순 없었는지, 어느새 내려와
마을의 풍경을 감상하며 감탄했다. 이렇게 아름다운 마을
을 어젠 왜 그렇게 두려워했을까. 산에서 불어오는 바람,
바람을 타고 흘러 다니는 새 소리, 흔들리는 나뭇잎 사이
로 스며드는 햇살, 이 모든 게 마음을 평화롭게 만들었다.
마치 세상으로부터 독립된 공간에 온 기분이었다.

이즈미르에 있는 동안 대부분의 시간을 숙소에서 보냈
다. 외식도 하지 않았다. 마트에서 500g에 한화로 8천 원
도 안 하는 양갈비와 토마호크 스테이크를 사서 숙소 마
당에 있는 화덕에서 구워 먹었다. 레스토랑에서 먹었던
스테이크보다 더 부드럽고 맛있었다. 일부러 식사를 일찍
시작해, 노을이 지는 늦은 저녁까지 여유를 가지고 천천
히 먹었다. 30분이면 식사가 끝나는 한국에서의 삶과 달
랐다. 해가 산 뒤로 숨을 때까지, 천천히 씹고, 많은 이야

기를 나눴다. 식사 시간은 단순히 음식을 씹어 목구멍으로 넘기는 시간이 아니라는 사실을 새삼 깨달았다. 맛있는 음식을 먹고, 의미 있는 대화를 나누고, 웃고 떠들며 즐기는 시간이 모두 식사 시간이었다. 한국에선 잘 챙기지 않던 후식도 매일 챙겼다. 마당에 있는 체리 나무에서 직접 딴 체리를 먹거나, 한국에서는 찾기 힘든 튀르키예의 와인을 마시며 해가 지는 모습을 감상했다.

산골 마을이라 와이파이도 터지지 않았다. 덕분에 핸드폰을 손에서 놓을 수 있었다. 마당에 설치된 해먹에 누워 아무 생각 없이 파란 하늘을 쳐다보거나, 테라스에 앉아 체리 나무 사이로 들어오는 따뜻한 햇살을 맞으며 가만히 눈을 감고 있었다. 아무에게도 방해받지 않는 거실에서 심장이 울릴 정도로 큰 음량으로 내가 좋아하는 음악을 감상했고, 기분이 좋아지면 잔디에 드러누워 등을 비비대는 제우스의 가슴을 두드리며 시간을 보냈다. 시간이 흐르는 게 아쉬워 하루를 최대한 천천히, 여유롭게 보냈다. 매 순간을 느긋하게 느낄 수 있었고, 모든 풍경을 자세히 관찰할 수 있었다.

느리게 지냈고, 천천히 흘러가길 바랐지만, 이즈미르에서의 5일은 눈 깜짝할 새에 지나갔다. 발을 떼기가 힘들었지만, 이제는 튀르키예 여행의 시작점, 이스탄불로 다시 돌아가야 할 때였다.

아침 일찍 일어나 테라스에서 마지막 커피를 즐기고, 차에 모든 짐을 실었다. 떠나기 전, 마지막 인사를 하려고 제우스를 찾았지만 보이지 않았다. '마지막 인사라도 하고 가면 좋을 텐데….'

마냥 기다릴 수는 없어 차에 시동을 걸고 천천히 길을 나섰다. 제우스는 차가 지나가는 길목 한가운데 엎드려 있었다. 영리한 녀석, 잠시 외출하는 게 아니라는 걸 어떻게 알았을까. 가슴이 먹먹해졌다. 차를 천천히 이동하니, 길에 엎드려 있던 제우스가 차 옆으로 다가와서 꼬리를 축 내린 채 작별 인사를 했다. 잠깐 차를 멈추고 내려가서 꼭 안아주고 싶었지만, 바로 뒤에 붙은 차 때문에 멈출 수가 없었다. 창문을 내리고 제우스에게 약속했다. "제우스, 또 올게." 언젠가는 꼭 다시 오리라 다짐하며, 우린 이스탄불로 향했다.

아침을 깨우는 새소리, 문을 열면 쏟아지는 상쾌한 아침 공기, 아무 생각 없이 누워서 하늘을 볼 수 있었던 마당의 해먹, 매일 값싸고 질 좋은 고기를 구워 먹던 화덕, 우릴 주인처럼 따르던 제우스, 그 공간에서 행복했던 우리. 이즈미르의 산골 마을 숙소에 남기고 온 게 너무나도 많았다. 언젠가는, 꼭 언젠가는 다시 찾을 것이다. 제우스에게 한 약속을 지키기 위해. 행복했던 우리의 추억을 다시 만나기 위해.

ISTANBUL
다시 이스탄불

렌터카를 반납하고 지하철을 타는 순간, 다시 이스탄불로 돌아왔다는 사실을 실감했다. 한적하고 여유로웠던 이즈미르와 달리, 이스탄불은 사람들로 발 디딜 틈 없이 북적거렸다. 사프란볼루, 앙카라, 카파도키아, 안탈리아, 페티예, 이즈미르를 거쳐 다시 이스탄불까지. 차로 달린 거리만 3,000km를 훌쩍 넘었다. 정말 기나긴 여정이었다.

공항버스를 탈 수 있는 탁심 광장과 가까운 곳에 숙소를 잡았다. 이스탄불 신시가지의 중심이라 그런지 유동 인구가 어마어마했다. 거리의 크기는 명동인데, 분위기는 자정의 홍대 길거리 같았다. 거리에서 울려 퍼지는 흥겨운 음악 소리, 술에 취한 행인들의 환호성 소리 때문에 일찍 자고 일찍 일어나던 다른 지역에서의 습관을 유지할 수가 없었다. 기왕 이렇게 된 거, 이번엔 이스탄불 번화가의 리듬에 맞춰보기로 했다.

튀르키예 사람들이 많이 피우는 물담배, 나르길레Narguilé도 피워보고, 숙소 근처의 광장에서 맥주도 마셨다. 어쩌다 발견한 'Bova'라는 재즈바에 들러 위스키를 마시며 재즈 공연도 즐겼다. 무대와 우리 테이블까지의 거리가 고작 손바닥 한 뼘 정도라 생동감 넘치는 공연을 감상할 수 있었다. 연거푸 맥주를 마셔서 그런지 반쯤 눈을 감고 드럼을 두드리는 드러머, 손이 보이지 않을 정도로 열정을 다해 피아노를 치는 피아니스트, 마치 고목처럼 묵묵히 베이스 줄을 튕기는 베이시스트 그리고 그들의 중심에서 음악을 조율하던 트럼페터가 서로의 눈빛을 교환하며 음을 교환하는 모습이 마치 한 편의 연극 같았다.

다시 거리로 나와 숙소로 향했다. 이스탄불 거리의 열기는 여전히 뜨거웠다. 돗자리를 깔고 길거리에서 술을 마시는 청년들, 술에 취해 비틀거리다 넘어지더니 깔깔거리며 웃는 사람들, 관객들과 호흡하며 신나게 악기를 연주

하는 거리의 뮤지션까지. 이스탄불의 밤거리는, 아직 잘 시간이 아니야, 떠날 날이 얼마 남지 않았으니 최대한 시간을 길게 써, 라고 말하는 듯했다.

새벽 두 시에 누웠지만, 아침 일찍 일어났다. 더 누워있기 힘들었다. 오늘이 여행의 마지막 날이었기 때문이다. 어딜 갈지 고민했다. 답은 어렵지 않았다. 우리는 여행을 시작했던 곳에서 이번 여행을 끝맺기로 했다. 마지막 목적지는 다시 아야 소피아였다.

이번에도 걷기로 했다. 트램이라는 좋은 교통수단이 있었지만, 마지막이 될 이스탄불의 거리를 조금 더 천천히 느끼고 싶었다. 숙소 근처에 있는 카페에 들러 커피를 마시고, 걸어서 갈라타 다리를 건넜다. 다리 위는 생계를 위해 생선을 낚는 낚시꾼들, 그들을 구경하는 관광객들로 붐볐다. 갈라타 다리 너머로 보이는 예니 모스크Yeni Mosque는 언제 봐도 감탄이 나올 정도로 아름다웠고, 다리 아래로 흐르는 골든 혼Golden Horn은 마음을 평화롭게 만들었다. 노을이 지는 갈라타 다리 위에서 아름다운 이스탄불의 모습을 오래도록 감상했다.

다리를 건너 아야 소피아 방향으로 계속 걸었다. 발 디딜 틈 없이 복잡한 시장을 지나 한적한 골목을 걷고 있는데, 지나가던 아저씨가 손에 들고 있던 가방에서 무언가를 흘렸다. 구둣솔이었다. 짝꿍은 그냥 지나치지 못하고 구둣솔을 주워 구두닦이 아저씨에게 돌려드렸다. 아저씨는 고맙다며 더럽지도 않은 짝꿍의 신발을 닦고, 내친김에 내 신발까지 닦았다. 아저씨가 내 신발을 쓱싹쓱싹 닦는 사이, 나는 지갑에 현금이 얼마 있는지 계산하고 있었다. 이스탄불에서는 타인의 호의를 덥석 받았다가 얼떨결에 돈을 내야 하는 경우가 종종 발생하기 때문이다. 아저씨는 신발을 다 닦고 나서 말했다. "80리라입니다." 지갑에 200리라가 있었던 나는 20리라를 꺼내며 이렇게 말했다. "현금이 20리라밖에 없어서요." 그는 20리라도 충분하다며 돈을 받고 기분 좋게 돌아갔다. 신발에 뭘 바르셨는지, 한 달의 여행으로 더러워졌던 운동화가 반짝거렸다.

깨끗해진 신발을 신고 이스탄불의 거리를 느끼며 천천히 걷다 보니 아야 소피아가 모습을 드러냈다. 밝은 조명을 받은 돔 지붕이 반짝거리고 있었다. 해 질 녘 도착한 아야 소피아는 더 아름다웠다. 내부로 들어가기 전, 짝꿍은 여행 내내 버리지 않았던 허술한 천 쪼가리를 머리에 둘렀다. 이제는 누가 알려주지 않아도, 척이면 척이다.

늦은 시각에도 내부엔 여전히 사람이 많았다. 북적거리는 사람들 사이에서, 마치 이곳이 처음인 것처럼 천천히 구경했다. 천사와 십자가의 벽화가 천장을 수놓고 있었고, 그 아래선 메카를 향해 있는 미흐랍 앞에서 무슬림들이 예배를 드리고 있었다. 이런 모습을 여기 말고 어디서 볼 수 있을까. 다시 봐도 신기한 광경이었다.

출구로 나오는 길에 하마터면 놓칠 뻔했던 벽화를 발견했다. 로마 제국의 수도를 콘스탄티노플이스탄불로 변경했던 콘스탄티누스 황제와 아야 소피아를 만든 유스티아누스 황제가 각자의 손에 콘스탄티노플과 아야 소피아를 들고 예수에게 바치는 모습의 벽화가 보였다. 그리고 맞은편에는 블루 모스크가 조명을 받아 반짝거리고 있었다.

내가 서 있는 곳은 영광과 수치, 행복과 고통이 뒤섞인 공간이었다. 가만히 서서 벽화를 보고 있는데, 시차와 발바닥이 만든 컨디션 난조 때문에 고생했던 여행의 첫날이 떠올랐다. 나의 이번 여행도 마치 이곳의 역사와 같았다.

늦은 밤인데도 광장엔 여전히 사람이 많았다. 누군가는 이스탄불에 막 도착해서 들뜬 마음으로, 누군가는 튀르키예를 떠나야 한다는 사실에 서운한 마음으로 광장을 떠나지 못하고 있었을 것이다. 숙소로 들어가 귀국을 준비해야 했지만, 아쉬운 마음에 발길을 떼기가 어려웠다. 바로 집으로 가지 않고, 첫날 찾았던 코프테 가게에 다시 들렀다. 배가 썩 고프진 않았지만, 첫날 시켰던 음식들을 다시 시켰다. 시큼한 맛에 몸서리치게 했던 아이란은 여행 내내 마실 정도로 좋아하는 음료가 됐고, 눈이 휘둥그레질 만큼 맛있었던 코프테와 쌀 푸딩은 매일 먹다 보니 익숙한 맛이 됐다. 한 달 사이에, 어색했던 많은 것들이 익숙해졌다.

그릇을 싹싹 비운 우리는 트램을 타고, 높은 언덕길을 올라 숙소로 들어왔다. 어제는 클럽 음악으로 시끄러웠던 펍에서, 루이 암스트롱의 'What a wonderful world'가 흘러나오고 있었다. 오늘의 이스탄불과 정말 잘 어울리는 음악이었다.

침대에 누워 눈을 감고, 이번 여행을 비디오테이프 되감듯 회상했다. 힘들었던 순간들이 먼저 지나갔다. 그리고 즐거웠던 순간들이 떠올랐다. 가만히 생각해보니, 힘든 순간에도 즐거운 일은 있었고, 고통스러운 순간에도 행복한 일은 존재했다. 만약 여행 첫날로 다시 돌아갈 수 있다면 고통스러웠던 경험을 건너뛸 것인가, 나 자신에게 물

었다. 아니, 모든 경험을 그대로 다시 겪고 싶다고 생각했다. 즐거웠던 순간은 물론, 힘들었던 순간들까지도 모두.

고통이 없었다면, 행복했던 순간들도 없었을 테니까. 그런 순간이 있었기에, 행복한 순간들을 더 깊이 느낄 수 있었으니까.

모든 게 어색하고, 많은 게 불편했던 여행이었다. 모든 게 특별하고, 많은 게 감동적이었던 여행이었다. 고통과 행복이 공존했던 한 달이었다. 그래서 더욱 아름다웠던, 잊지 못할 튀르키예 여행이었다.

EPILOGUE

여행이 쉬운 것만은 아니다. 매번 즐거운 것도 아니다. 여행이 끝나고 나면 좋았던 추억은 남고, 힘들었던 기억은 점점 옅어지기 때문에 대체로 즐겁다고 여길 뿐이다.

이번 여행은 시작부터 고생이었다. 고작 발바닥 물집 하나 때문에 받았던 고통은, 겪어보지 않은 사람은 잘 이해하지 못할 것이다. 그뿐만이 아니었다. 장시간의 비행으로 인한 컨디션 난조, 수시로 길을 잃은 탓에 받았던 육체적 스트레스, 계획에 없었던 사건으로 급히 일정을 변경하느라 얻었던 정신적 스트레스, 혼자가 아닌 둘이 여행하면 필수적으로 따라오는 감정 소모까지. 뜻한 대로 흘러가지 않는, 고통 가득한 여행이었다. 이렇게 보면 여행할 이유가 하나도 없다.

하지만 고통의 순간 속에서도 즐거움은 존재했다. 나를 힘들게 만들었던 것들 덕분에 더 큰 즐거움을 얻기도 했다. 길을 잃어서 힘들었지만, 길을 잃었기 때문에 생각지도 못했던 풍경을 만날 수 있었다. 타인에 의해서 어쩔 수 없이 계획을 변경해야 했지만, 계획이 변경됐기 때문에 평생 잊지 못할 추억을 만들 수 있었다. 둘이 함께하느라 힘든 일도 많았지만, 함께 할 수 있는 경험은 배가 됐고, 함께 느낄 수 있는 행복도 배가 됐다.

　여행은 마냥 즐거운 일만 선물하지 않는다. 행복과 고통을 골고루 안겨준다. 그리고 결국, 고통은 옅어지고 행복은 선명해진다. 우리의 삶도 그런 거 아닐까. 살면서 맞이하는 수많은 고통 속에서도 행복은 얼굴을 내민다. 더 이상 길이 보이지 않는 험난한 곳에서 의외의 길을 만나기도 하고, 더는 못 하겠다 싶은 순간에 뜻밖의 구원자를 만나 다시 나아갈 힘을 얻기도 한다. 삶은 행복과 고통을 함께 선물한다. 언제나 그렇다.

튀르키예 여행을 마친지 한 달이 지난 지금, 발을 뒤집어 나를 괴롭혔던 발바닥의 상처를 본다. 어디였는지 기억이 나지 않을 정도로 말끔하다. 발바닥의 상처뿐만이 아니다. 여행하면서 힘들었던 기억은 옅어지고, 즐겁고 행복했던 순간들만 가슴 속에 고이 남아 있다.

나는 오늘도 튀르키예의 기록을 눈으로 보고, 튀르키예의 추억을 가슴으로 회상하며 미소 짓는다. 그리고 약속한다. 뜻대로 흘러가지 않는 길에서 뜻깊은 순간을 만들기 위해 곧 다시 떠나기로. 행복과 고통을 정면으로 마주하며 새로운 여행을 시작하기로.

뜻대로 흘러가지 않아도

초판 1쇄 발행 2022년 10월 21일

지은이 강주원
펴낸이 강주원

펴낸곳 비로소
전자우편 biroso_publisher@naver.com
등록번호 2019년 9월 10일(제2019-000030호)

ISBN 979-11-966565-8-4 03810